Henry Miller

Lire aux cabinets

précédé de

Ils étaient vivants
et ils m'ont parlé

Traduit de l'américain
par Jean Rosenthal

Gallimard

Ces textes sont extraits de Les livres de ma vie (L'Imaginaire n° 532)

Fils d'un tailleur de Brooklyn, Henry Miller naît à New York en décembre 1891. Il passe son enfance et son adolescence dans les rues de son quartier. Après de courtes études au City College de New York, il exerce divers métiers et devient chef des coursiers de la West Union Telegraph Company. Il se marie, mais quitte rapidement sa femme. En 1917 paraît son premier livre *Clipped Wings*, resté inédit. Il rencontre June Edith Smith dans un *dance palace* de Broadway ; elle l'encourage à se consacrer entièrement à la littérature. Le couple s'installe à Paris en 1930 où il mène une vie de bohème et se lie avec Anaïs Nin, Raymond Queneau et Blaise Cendrars. Miller écrit *Tropique du Cancer* en 1934, roman qu'il définit ainsi : « Un libelle, de la diffamation, de la calomnie, une vignette démesurée, un crachat à la face de l'art, un coup de pied dans le cul de Dieu, à l'homme, au destin, au temps, à la beauté, à l'amour. » Paraissent ensuite un recueil de nouvelles, *Printemps noir*, et *Tropique du Capricorne*. Jugés pornographiques, ces ouvrages sont interdits aux États-Unis, mais ils circulent clandestinement et le font connaître comme écrivain d'avantgarde. En 1939, fuyant la guerre, il séjourne à Corfou chez le romancier anglais Lawrence Durrell et y écrit *Le Colosse de Maroussi*, un livre consacré à la Grèce. De retour aux États-Unis, son voyage à travers le pays lui inspire *Le Cauchemar climatisé* (1945), violente dénonciation du modernisme américain, et *Souvenirs, souvenirs* (1947). Il se fixe finalement en Californie à Big Sur, son « jardin des délices » où il mène une vie de reclus, partageant son temps entre l'écriture et la peinture. Entre 1949 et

1960, paraît une ambitieuse trilogie autobiographique, *La Cruci-fixion en rose*, composée de *Sexus, Plexus* et *Nexus*. Ce n'est qu'en 1961 que *Tropique du Cancer* est enfin publié dans son pays natal. Il meurt en 1980.

Écrivain de culture européenne, prodigieux conteur, il laisse une œuvre riche et sensuelle qui dénonce l'hypocrisie et le puritanisme de son pays.

Découvrez, lisez ou relisez les livres d'Henry Miller :

LE CAUCHEMAR CLIMATISÉ (Folio n° 1714)

PRINTEMPS NOIR (Folio n° 671)

TROPIQUE DU CANCER (Folio n° 261)

PLONGÉE DANS LA VIE NOCTURNE, *suivi de* LA BOUTIQUE DU TAILLEUR (Folio 2 € n° 3929)

L'ŒIL QUI VOYAGE (Folio n° 4459)

NOUVELLES NEW-YORKAISES : F.S. FITZGERALD, H. MILLER, J. CHARYN (Folio Bilingue n° 146)

ILS ÉTAIENT VIVANTS
ET ILS M'ONT PARLÉ

Je suis assis dans une petite pièce dont tout un panneau est tapissé de livres. C'est la première fois que j'ai eu le plaisir de travailler avec un semblant de bibliothèque. Il n'y a sans doute guère plus de cinq cents volumes en tout, mais, pour la plupart, je les ai choisis. C'est la première fois depuis mes débuts dans la carrière d'écrivain que je suis entouré d'une bonne partie des livres que j'ai toujours eu envie de posséder. Je considère pourtant comme un avantage plutôt qu'un inconvénient d'avoir jadis presque toujours travaillé sans bibliothèque à ma disposition.

Un des premiers souvenirs que j'associe à la lecture, c'est celui des efforts que j'ai dû faire pour me procurer des livres. Et encore, qu'on ne s'y trompe pas, pas pour m'en assurer la possession, mais seulement pour mettre la main dessus. Dès l'instant où la passion de la lecture s'est emparée de moi, je n'ai rencontré que des obstacles. À la bibliothèque, les livres que je voulais étaient toujours sortis. Et je n'avais, bien entendu, jamais l'argent pour les acheter. Il ne fallait pas songer non plus à obtenir de la bibliothèque de mon quartier — j'avais alors dix-huit ou dix-neuf ans — la permission d'emprunter un ouvrage aussi « démoralisateur » que *la Chambre rouge* de Strindberg. À cette époque, les livres interdits aux jeunes lecteurs étaient marqués d'étoiles, une, deux ou trois selon le degré d'immoralité qu'on leur attribuait. Je crois bien que ce procédé est toujours en vigueur. Je l'espère, car je ne connais rien de mieux calculé pour exciter l'appétit que ce système stupide de classification et d'interdiction.

Qu'est-ce qui rend un livre vivant ? Voilà une question qui se pose souvent ! La réponse me paraît toute simple. Un livre vit grâce à la recommandation passionnée qu'en fait un lecteur à un autre. Rien ne peut étouffer cet instinct fondamental de l'homme. Quoi qu'en puissent dire les cyniques et les misanthropes, je suis convaincu que les hommes s'efforceront toujours de faire partager les expériences qui les touchent le plus profondément.

Les livres sont une des rares choses que les hommes chérissent vraiment. Et les esprits les plus nobles sont ceux-là aussi qui se séparent le plus facilement de leurs plus chères possessions. Un livre qui traîne sur un rayon, c'est autant de munitions perdues. Prêtez et empruntez tant que vous pourrez, aussi bien livres qu'argent ! Mais surtout les livres, car ils représentent infiniment plus que l'argent. Un livre n'est pas seulement un ami, il vous aide à en acquérir de nouveaux. Quand vous vous êtes nourri l'esprit et l'âme d'un livre, vous vous êtes enrichi. Mais vous l'êtes trois fois plus quand vous le transmettez ensuite à autrui.

Une envie irrésistible me prend soudain de donner un conseil. Le voici : lisez le moins, et non pas le plus possible ! Oh, bien sûr, j'ai envié ceux qui se noyaient dans la lecture. Moi aussi, au fond de mon cœur, j'aurais voulu me baigner parmi ces livres dont j'ai si longtemps caressé le nom dans mes rêves. Mais je sais que c'est sans importance. Je sais maintenant que je n'avais pas besoin de lire même le dixième de ce que j'ai lu. Ce qu'il y a de plus difficile dans la vie, c'est d'apprendre à ne faire que ce qui vous est strictement profitable, ce qui est d'un intérêt vital.

Il existe un excellent moyen de vérifier la valeur de ce conseil que je ne donne pas à la légère. Quand vous tombez sur un livre que vous aimeriez lire, ou que vous croyez que vous devriez lire, laissez-le de côté quelques jours. Mais pensez-y de toutes vos forces. Que le titre et le nom de l'auteur soient sans cesse présents à votre esprit. Imaginez ce que vous auriez pu écrire vous-même si vous en aviez eu l'occasion. Demandez-vous sincèrement s'il est bien nécessaire d'ajouter cet ouvrage à votre bagage de connaissances ou à votre fonds de distractions. Essayez de vous représenter ce que ce serait d'y renoncer. Si vous estimez alors que vous devez vraiment lire ce livre, voyez avec quelle ardeur extraordinaire vous vous y attaquez. Notez aussi que, pour stimulante que puisse être cette lecture, elle vous apporte en fait bien peu. Si vous êtes sincère avec vous-même, vous reconnaîtrez que vous ne sortez grandi de cette expérience que pour avoir simplement résisté à vos instincts.

Il est incontestable que la majorité des livres se chevauchent. Bien rares sont ceux qui donnent une impression d'originalité, que ce soit dans le style ou dans la pensée. Et combien rares les livres irremplaçables : il n'y en a pas plus de cin-

quante, peut-être, dans toute la littérature. Dans
un de ses derniers romans autobiographiques,
Blaise Cendrars fait observer que Remy de Gourmont, qui avait parfaitement conscience de ces
répétitions d'un livre à l'autre, avait le don de
choisir et de lire tout ce qui était valable en littérature. Cendrars lui-même — qui s'en doute-
rait ? — est un lecteur prodigieux. Il lit la plupart
des auteurs dans leur langue originale. Bien
mieux, quand il aime un écrivain, il lit toutes ses
œuvres, aussi bien que sa correspondance et que
les ouvrages qui lui ont été consacrés. Je crois
bien que de nos jours son cas est à peu près unique. Car, non content d'avoir beaucoup et bien
lu, il a lui-même écrit un grand nombre de livres,
par-dessus le marché, pourrait-on dire : car Cendrars est avant tout un homme d'action, un
aventurier et un explorateur, un homme qui a su
royalement « perdre » son temps. Il est un peu le
Jules César des lettres.

L'autre jour, à la demande de l'éditeur français
Gallimard, j'ai dressé une liste des cent livres qui,
à mon avis, avaient exercé sur moi la plus grande
influence. Liste d'ailleurs assez étrange, compor-
tant des titres aussi incongrus que *Peck's Bad Boy,
Letters from the Mahatmas* et *Pitcairn Island.* Le

premier de ces trois ouvrages est un livre franchement mauvais, que j'ai lu quand j'étais enfant. J'ai cru bon cependant de le faire figurer dans ma liste parce que jamais aucun autre livre ne m'a fait rire aussi franchement. Plus tard, vers l'âge de quinze ans, j'allais périodiquement emprunter à la bibliothèque municipale les livres du rayon marqué « Humour ». Comme j'en ai trouvé peu qui fussent vraiment humoristiques ! C'est le domaine littéraire où règne la plus affligeante pauvreté. Après avoir cité *Huckleberry Finn, The Crock of Gold, Lysistrata, les Âmes mortes,* deux ou trois œuvres de Chesterton et *Juno and the Paycock*, je serais bien en peine de citer quoi que ce soit de remarquable dans le genre humoristique. Il y a bien des passages de Dostoïevski et d'Hamsun, qui me font rire aux larmes, mais il ne s'agit que de passages. Les humoristes professionnels, et leurs noms sont légion, m'ennuient à mourir. Je trouve tout aussi mortels les livres sur l'humour, comme ceux de Max Eastman, d'Arthur Koestler ou de Bergson. Ce serait, me semble-t-il, une belle réussite si je parvenais, avant de disparaître, à écrire ne serait-ce qu'un seul livre d'humour. Les Chinois, soit dit en passant, possèdent un sens de l'humour très proche de moi et auquel je suis très sensible. Surtout leurs poètes et leurs philosophes.

Dans les livres d'enfants, qui nous marquent le plus — je veux parler des contes de fées, des légendes, des mythes et des récits allégoriques —, l'humour, bien sûr, est tristement absent. Les principaux ingrédients semblent être l'horreur et la tragédie, la concupiscence et la cruauté. Mais c'est en lisant ces livres que se nourrit l'imagination. À mesure que l'on vieillit, on rencontre de plus en plus rarement la fantaisie et l'imagination. On est prisonnier d'une routine qui devient sans cesse plus monotone. L'esprit s'émousse si bien qu'il faut vraiment un ouvrage extraordinaire pour nous tirer de notre indifférence ou de notre apathie.

En même temps que les lectures enfantines, il est un autre facteur que nous avons tendance à oublier, les conditions matérielles de ces premiers contacts avec la littérature. Après des années, avec quelle netteté on se souvient de la contexture d'un livre favori, de la typographie, de la reliure, des illustrations ! Comme on se rappelle facilement la date et le cadre de nos premières lectures ! Le souvenir de certains livres est lié à une maladie, d'autres au mauvais temps, à une

punition ou à une récompense. Le monde inté-
rieur et le monde extérieur se fondent dans ces
souvenirs. Et ces lectures sont véritablement des
« événements » de notre vie.

Il est une chose encore qui distingue les lectures d'enfance de celles de l'âge mûr, c'est l'ab-
sence de choix. Les livres qu'on lit quand on est
enfant, on vous les jette à la tête sans discerne-
ment. Heureux l'enfant qui a des parents de bon
conseil ! Mais tel est le prestige de certains livres
que même les parents ignorants ne peuvent guère
les éviter. Quel enfant n'a pas lu *Sindbad le Ma-
rin, Jason et la Toison d'or, Ali Baba et les qua-
rante voleurs*, les *Contes* de Grimm et d'Andersen,
Robinson Crusoé, les *Voyages de Gulliver*, entre
autres ?

Et qui, je vous le demande, n'a pas savouré le
mystérieux plaisir que l'on éprouve plus tard à
relire ses premiers auteurs préférés ? Récemment,
après un intervalle de presque cinquante ans, j'ai
relu *Lion of the North*, de Henty. À chaque Noël,
mes parents m'offraient huit ou dix de ses livres,
et je crois bien les avoir tous lus à quatorze ans.
Aujourd'hui, et cela me paraît phénoménal, je
puis ouvrir n'importe lequel des ouvrages de
Henty et y trouver le même intérêt passionné

que quand j'étais enfant. Il n'a pas l'air de « traiter de haut » son lecteur. Il semble bien plutôt être avec lui sur un pied d'intimité. Tout le monde sait, je suppose, que les livres de Henty sont des romans historiques. Pour les garçons de mon temps, ils étaient extrêmement importants, car il nous donnaient notre premier aperçu sur l'histoire mondiale. *The Lion of the North*, par exemple, traite de Gustave-Adolphe et de la guerre de Trente Ans. On y voit apparaître la figure étrange et énigmatique de Wallenstein. En relisant l'autre jour les pages où il est question de Wallenstein, je croyais les avoir lues seulement quelques mois auparavant. Comme je le remarquai dans une lettre à un ami après avoir refermé le livre, c'est dans ces pages sur Wallenstein que je rencontrai pour la première fois les mots de « destinée » et d'« astrologie ». Mots lourds de sens, on en conviendra, pour un jeune garçon.

Je parlais au début de ce chapitre de ma « bibliothèque ». Je n'ai eu que récemment le plaisir de lire des ouvrages sur Montaigne et sur son époque. Comme la nôtre, c'était une époque d'intolérance, de persécution et de massacres collectifs. J'avais naturellement entendu parler de la façon dont Montaigne s'était retiré de la vie active, dont il se consacrait aux livres, de la vie calme et rangée qu'il menait, si riche et si profonde. Voilà un homme dont on pouvait dire qu'il possédait une bibliothèque ! Je l'enviai un moment. « Si, me disais-je, je pouvais avoir dans cette petite pièce, à portée de la main, tous les livres que j'ai aimés étant enfant, adolescent ou jeune homme, quelle chance j'aurais ! » J'ai toujours eu l'habitude de couvrir d'annotations mes livres favoris. « Comme ce serait merveilleux, pensais-je, de revoir ces notes, de savoir quelles étaient mes opinions et mes réactions en ces lointaines années ! » Je songeais à Arnold Bennett, et à l'excellente habitude qu'il avait prise de glisser à la fin de tous les livres qu'il lisait quelques pages blanches où il pouvait noter ses remarques et ses impressions au fur et à mesure de sa lecture. On est toujours curieux de savoir ce que l'on était, comment on se comportait, comment on réagissait aux idées et aux événements à différentes époques du passé. Dans les annotations marginales portées sur certains livres, on n'a pas de mal à découvrir ce qu'on était autrefois.

Quand on se rend compte de la prodigieuse évolution que l'on subit au cours d'une vie, on en vient à se demander : « La vie cesse-t-elle avec la mort du corps ? N'ai-je pas déjà eu une vie antérieure ? Ne reviendrai-je pas sur la terre ou peut-être sur quelque autre planète ? Ne suis-je pas vraiment impérissable comme tout le reste de l'univers ? » Peut-être aussi éprouve-t-on le besoin de se poser une question plus importante encore : *Ai-je bien appris ma leçon sur cette terre ?*

Montaigne, je l'ai noté avec plaisir, parle souvent de sa mauvaise mémoire. Il raconte qu'il était incapable de se rappeler le contenu de certains livres, voire les impressions qu'il en avait gardées, alors qu'il les avait souvent lus non pas une, mais plusieurs fois. Je suis pourtant persuadé qu'il devait avoir sur d'autres plans une excellente mémoire. La plupart des gens ont une mémoire capricieuse et défaillante. Les gens qui peuvent donner des citations aussi abondantes qu'exactes des milliers de livres qu'ils ont lus, qui peuvent rapporter en détail l'intrigue d'un roman, qui peuvent citer des noms et des dates d'événements historiques possèdent une espèce monstrueuse de mémoire qui m'a toujours écœuré. Je suis de ceux qui ont une mémoire assez faible à certains égards et remarquable dans d'autres domaines. Quand je veux vraiment me rappeler quelque chose, je peux y parvenir, encore que cela me demande souvent bien du temps et bien des efforts. Je sais, au fond, que rien ne se perd. Mais je sais aussi qu'il est important de « savoir oublier ». Le parfum, la saveur, l'arôme, l'ambiance, tout comme la valeur ou la non-valeur des choses, je ne les oublie jamais. Le seul genre de mémoire que je voudrais avoir, c'est la mémoire à la Proust. Il me suffit de savoir que cette mémoire infaillible et intégrale existe. Combien de fois nous arrive-t-il, en feuilletant un livre lu il y a longtemps, de tomber sur des passages dont chaque mot éveille un écho brûlant, inoubliable ? Récemment, alors que je terminais la rédaction du second livre de *la Crucifixion en rose*, je dus consulter les notes que j'avais prises voilà bien des années sur le *Decline of the West* de Spengler. Il y avait certains passages, un grand nombre je dois le dire, dont je n'avais qu'à lire les premiers mots : tout le reste suivait comme un enchaînement musical. Le sens des mots avait parfois perdu un peu de l'importance que j'y attachais jadis, mais pas les mots eux-mêmes. Chaque fois que je relisais ces passages, et cela m'arrivait souvent, la langue m'en paraissait plus parfumée, plus riche, plus imprégnée de cette qualité mystérieuse que tout grand écrivain confère à son style et qui est la marque de son génie propre. En tout cas, je fus si frappé par la vitalité et par le caractère hypnotique de ces pages de Spengler que je décidai d'en citer quelques-unes intégralement. C'était une expérience que je me sentais obligé de tenter, pour moi et pour mes lecteurs. Les lignes que j'avais choisi de citer avaient fini par devenir miennes et j'estimais que je devais les faire connaître à d'autres. N'avaient-elles pas joué un rôle aussi important dans ma vie que les rencontres fortuites, les crises et les incidents que je rapportais comme formant la trame de mon existence ? Pourquoi ne pas révéler intégralement Oswald Spengler aussi puisqu'il constituait un des événements de ma vie ?

Je suis de ces lecteurs qui, de temps en temps, recopient de longs passages des livres qu'ils lisent. Chaque fois que je commence à fouiller dans mes affaires, je retrouve de ces citations. Par bonheur ou par malheur, je ne les ai jamais sous la main quand j'en ai besoin. Je passe quelquefois des journées entières à essayer de me rappeler où j'ai bien pu les cacher. C'est ainsi que l'autre jour, ouvrant un de mes carnets de Paris pour chercher je ne sais quoi, je tombai sur un de ces passages avec lesquels j'ai vécu des années. C'est un extrait de l'introduction d'Havelock Ellis à *Against the Grain*. En voici le début :

> *Le poète des* Fleurs du mal *a aimé ce qu'on appelle improprement le style décadent, et qui n'est rien d'autre que l'art parvenu à ce point d'extrême maturité que confère le soleil couchant des vieilles civilisations : un style ingénieux et compliqué, plein d'ombres et de recherche, repoussant sans cesse les limites du langage, empruntant sa couleur à toutes les palettes et ses notes à tous les claviers...*

Puis vient une phrase qui me semble toujours jaillir comme un signal de sémaphore :

> *Le style de la décadence est l'ultime expression du Verbe, poussé dans ses derniers retranchements.*

Souvent, j'ai copié des phrases comme celle-là en gros caractères pour les placer au-dessus de ma porte afin qu'en partant mes amis fussent sûrs de les lire. D'aucuns ont une tout autre réaction : ils gardent secrètes ces précieuses révélations. Ma faiblesse à moi, c'est de crier sur les toits chaque fois que je crois avoir découvert quelque chose qui me paraisse d'une importance vitale. Quand je viens de finir un livre admirable, par exemple, je m'installe presque toujours à ma table pour écrire des lettres à mes amis, parfois à l'auteur, voire à l'éditeur. L'expérience qu'a été pour moi cette lecture devient un élément qui prend place dans ma conversation de tous les jours, qui s'intègre à ce que je bois, à ce que je mange. J'ai parlé de faiblesse à ce propos. J'ai peut-être tort. « Croissez et multipliez ! » a commandé le Seigneur. E. Graham Howe, l'auteur de *War Dance*, l'a exprimé sous une autre forme que j'aime encore mieux. « Créez et partagez ! » conseillait-il. Et bien qu'au premier abord la lecture puisse ne pas sembler un acte de création, c'en est un pourtant au sens profond du terme. Sans le lecteur enthousiaste, qui est vraiment la contrepartie de l'auteur et très souvent son plus secret rival, un livre mourrait. L'homme qui répand la bonne parole augmente non seulement la vie du livre en question mais l'acte de création lui-même. Il insuffle l'esprit aux autres lecteurs. Partout il se fait le champion de l'esprit créateur. Qu'il en ait ou non conscience, ce qu'il fait là c'est louer l'œuvre de Dieu. Car le bon lecteur, comme le bon auteur, sait que tout est issu de la même source. Il sait qu'il ne pourrait partager l'expérience personnelle de l'auteur s'il n'était pas lui-même pétri de la même substance. Et quand je dis auteur j'entends Auteur, avec un A majuscule. L'écrivain est évidemment le meilleur de tous les lecteurs, car en écrivant, ou en « créant » comme on dit, il ne fait que lire et que transcrire le grand message de la création que dans sa bonté le Créateur a dévoilé à ses yeux.

Dans l'appendice, le lecteur trouvera une liste d'auteurs et de titres composée de curieuse façon[1]. J'en fais mention parce que je crois important de souligner tout de suite un fait psychologique concernant la lecture qu'ont négligé la plupart des ouvrages sur ce sujet. C'est celui-ci : un grand nombre des livres dans le commerce desquels on vit sont ceux qu'on n'a jamais lus. Ils prennent parfois une importance stupéfiante. Ils se rangent dans au moins trois catégories. La première comprend tous ces livres qu'on a vraiment l'intention de lire un jour mais qu'on ne lira sans doute jamais ; dans la seconde se trouvent ceux qu'on devrait, estime-t-on, avoir lus, et dont on

---

1. Ceux que j'ai lus et ceux que j'espère encore lire.

lira sans doute quelques-uns avant de mourir ; la troisième compte les livres dont on entend parler, à propos desquels on a lu quelque chose, mais qu'on est à peu près certain de ne jamais lire, parce que rien, apparemment, ne pourra jamais abattre le mur de préjugés dressé autour d'eux.

Dans la première catégorie se trouvent les œuvres monumentales, pour la plupart des classiques, qu'on a honte d'avouer n'avoir jamais lus : des volumes dont on grignote à l'occasion quelques pages, pour mieux les repousser ensuite, avec la conviction plus enracinée que jamais qu'ils demeurent illisibles. Cette liste varie suivant les individus. En ce qui me concerne, pour ne citer que quelques titres parmi les plus remarquables, elle comprend les œuvres d'auteurs aussi célèbres qu'Homère, Aristote, Francis Bacon, Hegel, Rousseau (à l'exception de l'*Émile*), Robert Browning, Santayana. Je mets dans la seconde catégorie : *Arabia Deserta, le Déclin et la Chute de l'Empire romain, les Cent vingt jours de Sodome, les Mémoires* de Casanova, *le Mémorial de Sainte-Hélène, l'Histoire de la Révolution française* de Michelet. Dans la troisième, *le Journal* de Pepys, *Tristram Shandy, Wilhelm Meister, The*

Anatomy of Melancoly, le Rouge et le Noir, Marius the Epicurean, the Education of Henry Adams.

Parfois une allusion épisodique à un auteur qu'on a négligé de lire ou qu'on a définitivement renoncé à lire — un passage par exemple dans l'œuvre d'un auteur qu'on admire, les propos d'un ami qui lui aussi aime les livres — suffit à nous faire courir pour reprendre un livre, le lire avec un œil neuf et le revendiquer. Il faut bien le dire pourtant, dans l'ensemble, les livres que l'on néglige ou qu'on repousse délibérément finissent rarement par être lus. Certains sujets, certains styles, ou quelque association d'idées déplaisante produite par le titre de certains livres, créent parfois une répugnance presque insurmontable. Rien au monde, par exemple, ne pourrait m'inciter à reprendre *Fairy Queen* de Spenser que j'ai commencé au collège et qu'il m'a fallu par bonheur abandonner parce que j'ai quitté précipitamment cet établissement. Jamais non plus je ne veux lire une ligne d'Edmund Burke, d'Addison ni de Chaucer ; encore que ce dernier me semble pourtant mériter d'être lu. Racine et Corneille sont deux autres auteurs que je doute fort ne jamais parcourir de nouveau, et pourtant Racine m'intrigue à cause d'un brillant essai sur *Phèdre* que j'ai lu récemment dans *The Clown's Grail*[1]. Il y a d'autre part des ouvrages qui sont à la base même de la littérature mais qui sont si loin de notre mode de pensée, de notre expérience qu'ils en sont devenus « intouchables ». Certains auteurs, censés être aux bastions de notre culture occidentale, sont plus loin de moi que ne le sont les Chinois, les Arabes ou les peuples primitifs. Quelques-unes des œuvres littéraires les plus remarquables proviennent de cultures qui n'ont pas directement contribué à notre développement. Aucun conte de fées, par exemple, n'a exercé sur moi d'aussi forte influence que ceux du Japon, que j'ai connus par les écrits de Lafcadio Hearn, une des figures les plus exotiques de la littérature américaine. Je ne connais pas de récits qui m'aient plus séduit que les contes tirés des *Mille et Une Nuits*. Le folklore des Indiens d'Amérique me laisse froid, alors que le folklore africain me touche profondément[2]. Et, comme je l'ai dit maintes fois, tout ce que j'ai lu de littérature chinoise (à l'exception de Confucius) me semble avoir été écrit par mes ancêtres directs.

1. De Wallace Fowlie. Sous-titre : *A Study of Love in its Literary expression.*
2. Cf. l'*Anthologie africaine* de Cendrars.

J'ai dit que parfois c'est un auteur qu'on estime qui vous met sur la voie d'un livre négligé. « Comment ! Il a aimé *ce livre* ? » vous dites-vous, et aussitôt les barrières tombent, non seulement vous avez l'esprit ouvert, mais accueillant et déjà enflammé d'impatience. Il arrive souvent que ce ne soit pas un ami ayant les mêmes goûts que vous mais une personne rencontrée par hasard qui ranime votre intérêt dans un livre mort. Parfois cet individu donne l'impression d'être un sot et l'on se demande pourquoi l'on garderait le souvenir d'un livre qu'il a recommandé en passant, ou peut-être même qu'il n'a pas recommandé du tout mais dont il a seulement dit, au hasard de la conversation, que c'était un ouvrage « curieux ». Un jour où l'on est désœuvré, où l'on a une heure à perdre, brusquement on repense à cette conversation et on décide de jeter un coup d'œil au livre en question. Alors c'est le choc, la surprise de la découverte. *Les Hauts de Hurlevent* ont été pour moi un exemple de ce genre de révélation. À force d'en avoir tant et tant entendu chanter les louanges, j'en étais arrivé à la conclusion qu'un roman anglais — et écrit par une femme ! — ne pouvait pas être aussi bon qu'on le disait. Et puis un jour, un ami dont le goût me semblait bien peu sûr laissa tomber à propos de ce livre quelques mots lourds de sens. J'eus tôt fait d'oublier ses propos, mais le poison faisait son œuvre en moi. Sans m'en rendre compte, j'en vins à nourrir la secrète résolution de jeter un jour un coup d'œil à ce livre fameux. Finalement, voilà quelques années à peine, Jean Varda me le mit entre les mains[1]. Je le lus d'une traite, abasourdi comme tout le monde sans doute par son extraordinaire puissance et sa beauté. C'est vraiment un des très grands romans de langue anglaise. Et, par orgueil, par préjugé, j'avais bien failli ne pas le lire.

Avec *la Cité de Dieu*, ce fut une tout autre histoire. Bien des années auparavant, j'avais, comme tout le monde, lu les *Confessions* de saint Augustin. Et cette lecture m'avait fait une forte impression. Et voilà qu'à Paris quelqu'un me fourre entre les mains une édition de *la Cité de Dieu* en deux volumes. Je trouvai cet ouvrage non seulement ennuyeux à mourir, mais par endroits monstrueusement ridicule. Un libraire anglais, apprenant par un ami commun — et à sa grande

---

1. Il m'a révélé aussi un autre livre étonnant, *Hebdomeros*, du peintre Giorgio De Chirico.

surprise, je n'en doute pas — que j'avais lu cette œuvre, me fit dire que si seulement je voulais bien annoter mon exemplaire il pourrait m'en avoir un bon prix. J'entrepris donc de le relire, en m'efforçant péniblement de couvrir les marges d'annotations, généralement peu flatteuses ; après avoir passé environ un mois à cette vaine tâche, j'envoyai le livre en Angleterre. Vingt ans plus tard, je reçus une carte de ce même libraire, m'annonçant qu'il espérait vendre le livre d'ici quelques jours : il avait enfin trouvé un client. Et je n'entendis plus jamais parler de lui. Drôle d'histoire !

Toute ma vie durant, le mot « confessions » dans un titre a eu sur moi l'effet d'un aimant. J'ai déjà parlé de *la Chambre rouge* de Strindberg (publié en anglais sous le titre de *Confession of a Eoal*). J'aurais dû faire mention aussi du livre célèbre de Marie Bashkirtseff et des *Confessions of Two Brothers* de Powys. Il y a cependant de très célèbres confessions dans la lecture desquelles je n'ai jamais eu le courage de me lancer. Celles de Rousseau, celles de Thomas de Quincey non plus. Voici peu de temps, j'ai fait une nouvelle tentative avec *les Confessions* de Rousseau, mais au bout de quelques pages j'ai dû abandonner.

J'ai, par contre, la ferme intention de lire son *Émile* dès que je pourrai en trouver un exemplaire dans une typographie lisible. Le peu que j'en ai lu m'a extraordinairement séduit.

J'estime qu'ils se trompent lourdement ceux qui affirment que les bases de la connaissance, de la culture, les bases de tout sont nécessairement ces classiques que l'on trouve énumérés dans toutes les listes des « meilleurs » livres. Je sais qu'il existe plusieurs universités dont tout le programme se fonde sur ce genre de liste. À mon avis, tout homme doit bâtir lui-même ses propres fondations. C'est le caractère unique de chacun qui en fait un individu. Quels que soient les matériaux qui ont contribué à donner sa forme à notre culture, chaque homme doit décider tout seul des éléments qu'il y choisira pour son propre usage. Les grandes œuvres sélectionnées par des esprits universitaires ne représentent que leur choix à eux. De tels esprits ont la manie de s'imaginer être nos guides élus, nos mentors. Peut-être si l'on nous laissait libre, finirions-nous par partager leur point de vue. Mais le moyen le plus sûr de ne pas parvenir à ce résultat, c'est de conseiller la lecture de telle liste de livres, représentant les soi-disant fondations de toute culture.

Un homme devrait commencer par son époque. Il devrait commencer par se familiariser avec le monde où il vit et dont il fait partie. Il ne devrait pas avoir peur de lire trop ou trop peu. Il devrait lire comme il mange ou comme il prend de l'exercice. Le bon lecteur ne tardera pas à graviter autour des bons livres. Il découvrira, grâce à ses contemporains, ce qu'il y a dans la littérature du passé qui apporte un exemple, une inspiration ou simplement un délassement. Il devrait avoir le plaisir de faire ces découvertes tout seul, à sa guise. Tout ce qui a de la valeur, du charme, de la beauté, tout ce qui est lourd de sagesse ne saurait être perdu ni oublié. Mais les choses peuvent perdre toute valeur, tout charme, toute séduction, si l'on vous traîne par les cheveux pour les admirer. N'avez-vous jamais remarqué, après bien des expériences décevantes, que quand on recommande un livre à un ami moins on en dit mieux cela vaut ? Dès l'instant que vous recommandez trop chaleureusement un livre, vous éveillez chez votre interlocuteur une certaine résistance. Il faut savoir administrer les éloges et les doser, calculer la durée du traitement. Les *gurus* de l'Inde et du Thibet, on l'a souvent fait observer, pratiquent depuis des siècles l'art difficile de *décourager* l'ardeur de ceux qui voudraient devenir leurs disciples. On pourrait fort bien appliquer le même genre de stratégie en ce qui concerne la lecture. Découragez un homme de la bonne manière, c'est-à-dire en songeant au but que vous voulez atteindre, et vous le mettrez d'autant plus vite sur la bonne voie. Ce qui est important, ce n'est pas *quels* livres, *quelles* expériences un homme doit connaître, mais bien ce qu'il a à apporter de lui-même dans ses lectures et dans sa vie.

Un des impondérables les plus mystérieux de la vie, c'est ce qu'on appelle les influences. Elles obéissent sans nul doute aux lois de la gravitation. Mais il ne faut pas oublier que quand nous sommes attirés dans une certaine direction, c'est aussi parce que nous avons poussé de ce côté, peut-être même sans le savoir. Il va de soi que nous ne sommes pas à la merci de n'importe quelle influence. Nous n'avons pas toujours conscience des forces et des facteurs qui exercent une influence sur nous d'une période à l'autre de notre existence. Il est des hommes qui ne se connaissent jamais eux-mêmes pas plus qu'ils ne savent ce qui motive leur comportement. C'est même le cas de la plupart des gens. Chez d'autres, le sens de la destinée est si net, si fort qu'ils ne semblent guère avoir de choix : ils créent les influences dont ils ont besoin pour parvenir à leurs fins. J'emploie délibérément le mot « créent », car dans certains cas frappants l'individu a littéralement été obligé de créer les influences nécessaires. Nous voici sur un terrain étrange. Si j'introduis dans mon exposé un élément aussi abstrus, c'est que, quand il s'agit de livres, comme avec les amis, les amants, les aventures et les découvertes, tout est inextricablement mêlé. Le désir de lire un livre est souvent provoqué par l'incident le plus inattendu. Pour commencer, tout ce qui arrive à un homme fait partie d'un tout bien défini. Les livres qu'il choisit de lire ne font pas exception à cette règle. Peut-être a-t-il lu les *Vies* de Plutarque ou *les Quinze Batailles qui ont décidé du sort du monde* parce qu'une tante un peu gâteuse lui a fourré ces livres sous le nez. Il a très bien pu ne pas les lire s'il détestait cette tante. Parmi les milliers de titres que l'on rencontre, dès les plus jeunes années, comment se fait-il que tel individu se dirige vers certains auteurs et celui-là vers d'autres ? Les livres qu'un homme lit sont déterminés par ce qu'il est lui-même. Si on laisse un homme seul dans une chambre avec un

livre, un seul livre, cela ne veut pas nécessairement dire qu'il le lira parce qu'il n'a rien de
mieux à faire. Si le livre l'ennuie, il le laissera
tomber, même si l'inaction le conduit au bord de
la folie. Certains hommes, quand ils lisent, prennent la peine de consulter toutes les références citées en notes ; d'autres n'ont pas un regard pour
ces mêmes notes. D'aucuns entreprendront de
longs et pénibles voyages pour lire un livre dont
le titre les a intrigués. Les aventures et découvertes de Nicolas Flamel dans sa quête du *Livre
d'Abraham le Juif* constituent une des pages d'or
de la littérature.

Comme je le disais, une remarque faite en passant par un ami, une rencontre accidentelle, la
lecture d'une note, une maladie, la solitude,
quelque caprice de la mémoire, bref, mille et une
raisons peuvent nous lancer à la poursuite d'un
livre. Parfois, l'on est sensible à la moindre suggestion, à l'allusion la plus détournée. Et parfois
aussi, il faudrait de la dynamite pour nous mettre
en branle.

Une des grandes tentations, pour un écrivain,
c'est de lire pendant qu'il est occupé à écrire un
livre. Pour ma part, on dirait que, dès l'instant
où je commence un nouveau livre, je suis pris en

même temps d'une frénésie de lecture. En fait, à peine suis-je lancé dans la rédaction d'un nouvel ouvrage que quelque instinct pervers me donne l'envie de faire mille autres choses : et non pas, comme c'est souvent le cas, par désir d'échapper à mon travail. Je découvre simplement que je peux écrire et faire autre chose en même temps. Quand on est saisi du besoin de créer — dans mon cas, du moins — voilà qu'on devient créateur dans toutes les directions à la fois.

C'était, je dois l'avouer, avant que je me misse à écrire que la lecture était pour moi le plus voluptueux et aussi le plus pernicieux des passetemps. Quand je regarde en arrière, il me semble que la lecture n'était rien de plus qu'un stupéfiant, qui me stimulait tout d'abord, mais qui me déprimait et me paralysait ensuite. Du jour où je commençai sérieusement à écrire, mes habitudes de lecteur se modifièrent. Un nouvel élément s'y introduisit. Un élément fécondant, pourrais-je dire. Quand j'étais jeune homme, je me disais souvent, en reposant un livre, que j'aurais pu faire mieux moi-même. Plus je lisais, plus je critiquais. C'était à peine si je trouvais rien d'assez bon pour moi. J'en vins peu à peu à mépriser les livres — et les auteurs aussi. Souvent, les écrivains que j'avais le plus adorés devenaient ceux que je châtiais le plus impitoyablement. Bien sûr, il y avait toujours une catégorie d'auteurs dont les pouvoirs magiques me déconcertaient. À mesure qu'approchait pour moi le temps d'affirmer mes propres facultés d'expression, je me mis à relire ces « magiciens » d'un œil neuf. Je lisais objectivement, en utilisant toute la puissance d'analyse dont je disposais. Et, croyez-moi si vous voulez, avec l'intention de leur ravir leur secret. Parfaitement, j'avais en ce temps-là la naïveté de croire que je pourrais découvrir ce qui fait marcher la pendule en la démontant en pièces détachées. Pour vaine et absurde que fût mon attitude, cette période n'en demeure pas moins une des plus enrichissantes que j'aie connues de tous mes contacts avec les livres. J'apprenais mille choses à propos du style, de l'art du récit, des effets et de la manière de les produire. Et surtout, j'apprenais qu'il existe vraiment un mystère dans la création des bons livres. Dire, par exemple, que le style c'est l'homme ne signifie pas grand-chose. Même quand nous tenons l'homme, nous sommes bien avancés. La façon dont un homme écrit, sa façon de parler, de marcher, d'agir, autant de détails uniques et dont le secret est impénétrable. Le point essentiel, et c'est si évident qu'on l'oublie le plus souvent, ce n'est pas de s'interroger sur ces problèmes, mais d'écouter ce qu'un homme a à dire, de laisser ses paroles vous toucher, vous transformer, vous amener à vous réaliser plus pleinement.

Ce qui permet mieux que tout d'apprécier un art, c'est de le pratiquer. Il y a l'émerveillement, la griserie de l'enfant quand il découvre pour la première fois le monde des livres ; il y a l'extase et le désespoir de l'adolescent qui découvre « ses » auteurs ; mais dominant tout cela, parce que avec elles se trouvent combinés des éléments plus permanents, plus vivifiants, il y a les impressions et les réflexions d'un homme mûr qui a consacré sa vie à la création. En lisant les lettres de Van Gogh à son frère, on est frappé par la somme de méditation, d'analyse, de comparaison, d'adoration et de critique qu'il a amassée durant sa brève et frénétique carrière de peintre. C'est un phénomène qui n'est pas rare chez les peintres, mais, dans le cas de Van Gogh, il prend des proportions héroïques. Van Gogh ne se contentait pas de regarder la nature, les gens, les objets, mais aussi les toiles des autres, pour étudier leurs méthodes, leurs techniques, leurs styles, leurs points de vue. Il réfléchissait longuement sur ce qu'il observait et ces pensées et ces remarques ont imprégné son œuvre. Il était rien moins qu'un primitif, ou qu'un « fauve ». Comme Rimbaud, il était plutôt « un mystique à l'état sauvage ».

Ce n'est pas tout à fait par hasard que j'ai choisi un peintre plutôt qu'un écrivain pour illustrer ma thèse. Il se trouve que Van Gogh, sans avoir la moindre prétention littéraire, a écrit un des grands livres de notre époque, et sans savoir qu'il écrivait *un livre*. Sa vie, telle que nous la voyons écrite dans ses lettres, est plus révélatrice, plus émouvante, plus une œuvre d'art, dirais-je, que la plupart des autobiographies célèbres ou des romans autobiographiques. Il nous parle sans réserve de ses luttes et de ses malheurs, sans rien cacher. Il témoigne d'une connaissance peu commune de la technique du peintre, bien qu'on applaudisse plutôt chez lui la passion et la puissance de la vision que sa science des moyens d'expression. Sa vie, en ce qu'elle souligne la valeur et le sens de la vocation artistique, est une leçon éternelle. Van Gogh est tout à la fois — et bien rares sont ceux dont on peut en dire autant ! — l'humble disciple, l'étudiant, l'amant, le frère de tous les hommes, le critique, l'analyste et le bienfaiteur. Il a peut-être été obsédé, ou mieux, possédé, mais il n'était pas un fanatique travaillant dans l'obscurité. Il avait, entre autres, la rare faculté de pouvoir critiquer et juger son propre travail. Il s'est d'ailleurs révélé un meilleur critique et un juge plus avisé que ceux-là dont c'est hélas le métier de critiquer, de juger et de condamner.

Plus j'écris, plus je comprends ce que les autres essaient de me dire dans leurs livres. Plus j'écris, plus je deviens tolérant envers mes confrères. (Je ne parle pas des « mauvais » écrivains, car je refuse tout commerce avec eux.) Mais avec ceux qui sont sincères, ceux qui s'efforcent honnêtement de s'exprimer, je suis plus clément, plus compréhensif qu'au temps où je n'avais encore rien écrit. Je trouve un enseignement auprès du plus pauvre des écrivains, pourvu qu'il ait donné le meilleur de lui-même. J'ai même beaucoup appris auprès de certains « pauvres » écrivains. En lisant leurs œuvres, j'ai maintes fois été frappé de sentir cette liberté, cette hardiesse, qu'il est à peu près impossible de retrouver une fois qu'on est « sous le joug », une fois qu'on a conscience des lois et des limitations du moyen d'expression qu'on a choisi. Mais c'est en lisant ses auteurs favoris qu'on perçoit le plus nettement l'intérêt qu'il y a à pratiquer l'art d'écrire. On lit alors de l'œil droit aussi bien que de l'œil gauche. Sans que diminue le moins du monde le plaisir de la lecture, on sent s'élargir merveilleusement les limites de la conscience. À lire ces auteurs, on ne voit jamais se dissiper les éléments du mystère, mais le vaisseau où sont enfermées leurs pensées devient de plus en plus transparent. Ivre d'extase, on retourne, vivifié, à son propre travail. La critique devient vénération. On commence à prier comme jamais on ne l'avait encore fait. On ne prie plus pour soi, mais pour frère Giono, pour frère Cendrars, pour frère Céline, en fait, pour toute la galaxie des confrères en écriture. On accepte sans réserve le caractère unique d'un camarade artiste, en comprenant que c'est par là même que s'affirme son universalité. On ne demande plus à un auteur chéri de nous donner quelque chose de *différent*, mais seulement de persévérer dans la même veine. Le lecteur moyen partage ce sentiment. Ne soupire-t-il pas, en finissant de lire le dernier volume de son auteur favori : « Si seulement il en avait encore écrit d'autres ! » Quand, quelque temps après la mort d'un auteur, on exhume un manuscrit oublié ou des lettres, ou un journal inédit, quels cris de joie n'entend-on pas monter ! Quelle gratitude devant le moindre fragment posthume ! Il n'est pas jusqu'à la lecture des livres de comptes d'un auteur qui ne nous fasse vibrer. Sitôt qu'un écrivain meurt, sa vie soudain nous intéresse prodigieusement. Sa mort nous permet souvent de voir ce qui nous était caché de son vivant : que sa vie et son œuvre ne faisaient qu'un. N'est-il pas évident que l'art de ressusciter (la biographie) masque un espoir et une grande nostalgie ? Cela ne nous suffit pas de laisser Balzac, Dickens et Dostoïevski demeurer immortels par leurs œuvres, nous voulons encore les faire revivre en chair et en os. Chaque époque s'efforce de s'adjoindre les grands hommes des lettres, d'assimiler le thème et la signification de leur vie. On croirait parfois que l'influence des morts est plus puissante que celle des vivants. Si le Sauveur n'avait pas été ressuscité, l'homme l'aurait certainement ressuscité par chagrin, par regret. Cet auteur russe qui parlait de la « nécessité » de ressusciter les morts disait vrai.

Ils étaient vivants et ils m'ont parlé ! C'est la façon la plus simple et la plus éloquente pour moi d'évoquer ces auteurs que j'ai continué de fréquenter au long des années. N'est-ce pas là une chose étrange à dire, quand on songe qu'il s'agit de livres faits de signes et de symboles ? Pas plus qu'aucun artiste n'a jamais réussi à restituer la nature sur sa toile, aucun auteur n'a vraiment été capable de nous évoquer sa vie ni ses pensées. L'autobiographie n'est que du plus pur roman. La fiction est toujours plus proche de la réalité que le fait brut. La fable n'est pas l'essence de la sagesse humaine mais seulement l'enveloppe amère. On pourrait continuer ainsi en passant en revue toutes les divisions de la littérature, en démasquant l'histoire, en exposant les mythes de la science, en dévaluant les principes de l'esthétique. Rien, à l'analyse, ne se révèle être ce qu'il semble ni ce qu'il prétend être. L'homme continue à avoir faim.

Ils étaient vivants et ils m'ont parlé ! N'est-ce pas étrange de comprendre et d'apprécier ce qui est incommunicable ? L'homme ne communique pas avec les autres hommes par l'intermédiaire des mots, il communie avec son semblable et avec son Créateur. Maintes et maintes fois, on repose un livre et l'on demeure sans voix. Parfois, c'est parce que l'auteur semble « avoir tout dit ». Mais ce n'est pas à ce genre de réaction que je pense. Je crois plutôt que ce soudain mutisme correspond à quelque chose de plus profond. C'est du silence que sont extraits les mots et c'est au silence qu'ils retournent, si l'on en a fait bon usage. Entre-temps, il se passe quelque chose d'inexplicable : un homme qui, par exemple, est mort, ressuscite, prend possession de vous et en partant vous laisse profondément changé. Il est parvenu à ce résultat par le moyen de signes et de symboles. N'était-ce pas un don magique qu'il possédait — qu'il possède peut-être encore ?

Bien que nous n'en sachions rien, nous possédons bel et bien la clef du paradis. Nous parlons beaucoup de nous comprendre et de communiquer, non seulement avec nos semblables, mais avec les morts, avec ceux qui ne sont pas encore nés, avec ceux qui habitent d'autres royaumes, d'autres univers. Nous croyons qu'il existe de formidables secrets à découvrir. Nous espérons que la science nous montrera le chemin et, sinon elle, la religion. Nous rêvons d'une vie dans un avenir lointain, qui sera radicalement différente de celle que nous connaissons aujourd'hui ; nous nous attribuons des pouvoirs indicibles. Et pourtant les auteurs de livres nous ont toujours donné la preuve non seulement de pouvoirs magiques mais de l'existence aussi d'univers qui empiètent sur le nôtre, qui l'envahissent et qui nous sont familiers bien que nous ne les ayons jamais visités autrement qu'en pensée. Ces hommes n'avaient pas de maîtres « occultes » pour les initier. Ils sont nés de parents semblables aux nôtres, ils étaient le produit d'un milieu analogue au nôtre. Qu'est-ce donc alors qui les distingue ? Ce n'est pas l'usage qu'ils font de leur imagination, car, dans d'autres domaines, des hommes ont fait montre aussi d'une remarquable faculté d'imagination. Ce n'est pas non plus la maîtrise d'une technique, car d'autres artistes appliquent des techniques tout aussi difficiles. Non, à mes yeux, le trait dominant d'un écrivain c'est son don d'« exploiter » le vaste silence qui nous enveloppe tous. De tous les artistes, il est celui qui sait le mieux qu'« au commencement était le Verbe et que le Verbe *était* Dieu ». Il a capturé l'esprit qui anime toute création et il l'a exprimé en signes et en symboles. Sous prétexte de communiquer avec ses frères humains, il nous a sans s'en douter enseigné à communier avec le Créateur. En prenant pour instrument le langage, il montre que celui-ci n'est point langage mais prière. Un genre très particulier de prière, certes, puisqu'elle ne demande rien au Créateur : « Béni sois-tu, ô Seigneur ! » C'est cela qu'elle exprime, quel qu'en soit le sujet, dans quelque idiome qu'elle soit formulée. « Laisse-moi m'épuiser, ô Seigneur, en chantant tes louanges ! »

N'est-ce pas là « le travail divin » dont on a parlé ?

Cessons de nous questionner sur ce que les grands hommes, les hommes illustres font dans l'au-delà. Sachez qu'ils continuent à entonner des chants de louanges. Ici-bas, sur la terre, peut-être s'exerçaient-ils. Là-haut, ils perfectionnent leurs chants.

Il me faut une fois de plus citer les Russes, ces ténébreux personnages du XIXe siècle, qui savaient qu'il n'existe qu'une seule tâche, qu'une seule joie : faire régner la perfection sur cette terre[1].

---

1. En 1880, Dostoïevski prononça un discours sur « la Mission de la Russie » dans lequel il déclarait : « Devenir un vrai Russe, c'est devenir le frère de tous les hommes, un homme universel... Notre avenir réside dans l'Universalité, non pas acquise par la violence, mais par la force que nous puiserons dans notre grand idéal : la réunification de toute l'humanité. »

LIRE AUX CABINETS

Il existe un aspect de la lecture qui vaut, je crois, qu'on s'y étende un peu, car il s'agit d'une habitude très répandue et dont, à ma connaissance, on a dit bien peu de choses… je veux parler du fait de *lire aux cabinets*. Quand j'étais jeune garçon, et que je cherchais un endroit où dévorer en paix les classiques interdits, je me réfugiais parfois aux cabinets. Depuis ce temps de ma jeunesse, je n'ai plus jamais lu aux cabinets. Quand je cherche la paix et la tranquillité pour lire, je m'en vais dans les bois. Je ne connais pas de meilleur endroit pour lire un bon livre que dans les profondeurs d'une forêt. De préférence auprès d'un torrent.

J'entends déjà les objections. « Mais nous n'avons pas tous votre chance ! Nous avons des emplois, nous nous y rendons et nous en revenons dans des tramways, des bus, des métros

bondés ; nous n'avons presque jamais une minute à nous. »

J'ai eu moi aussi un « emploi » jusqu'à ma
trente-troisième année. C'est à cette époque-là de
ma vie que j'ai lu le plus. Je lisais dans des conditions difficiles, toujours. Je me rappelle m'être
fait congédier une fois parce qu'on m'avait sur-
pris à lire Nietzsche au lieu de rédiger le catalo-
gue pour les clients de province, ce qui était mon
travail à ce moment-là. Quelle chance j'ai eue
d'être renvoyé, quand j'y pense maintenant ! Est-
ce que Nietzsche ne comptait pas infiniment plus
dans ma vie que la connaissance de la vente par
correspondance ?

Pendant quatre bonnes années, sur le trajet
aller et retour des bureaux de la Compagnie du
Ciment Éternel, j'ai lu les livres les plus indiges-
tes. Je lisais debout, pressé de tous côtés par des
voyageurs qui étaient debout comme moi. Non
seulement je lisais durant ces trajets dans le
métro aérien, mais encore j'apprenais par cœur
de longs passages de ces œuvres difficiles. C'était,
en tout cas, une excellente façon d'exercer ma
puissance de concentration. Quand j'occupais cet
emploi, je travaillais souvent tard le soir, et en
général sans avoir déjeuné, non pas parce que je

voulais lire pendant l'heure du déjeuner, mais parce que je n'avais pas d'argent pour aller manger. Le soir, dès que j'avais englouti mon repas, je sortais pour aller rejoindre les copains. Pendant ces années, et longtemps encore par la suite, je dormis rarement plus de quatre ou cinq heures par nuit. Et pourtant, j'ai lu énormément. Et je le répète, je lisais les livres les plus difficiles — pour moi du moins — et non les plus faciles. Je ne lisais jamais pour tuer le temps. Je lisais rarement au lit, à moins que je ne fusse bien souffrant, ou que je prétendisse être malade pour m'offrir de brèves vacances. Lorsque je repense à ce temps-là, il me semble que je lisais toujours dans une position inconfortable. (Ce qui, je l'ai découvert, est la façon dont la plupart des écrivains écrivent, et dont la plupart des peintres peignent.) Mais ce que je lisais pénétrait en moi. Car, lorsque je lisais, j'y appliquais toute mon attention, toutes mes facultés. Lorsque je jouais, c'était la même chose.

De temps en temps, j'allais passer une soirée à la bibliothèque municipale pour lire. C'était pour moi prendre un billet pour le paradis. Souvent, en quittant la bibliothèque, je me disais : « Pourquoi est-ce que tu fais cela si rarement ? »

C'était, bien entendu, parce que la vie s'en mêlait. On dit souvent la « vie » quand on veut parler de plaisir ou de quelque distraction stupide.

D'après ce que j'ai pu glaner au cours de conversations avec mes amis intimes, ce qu'on lit aux cabinets, c'est presque toujours de la lecture futile. Ce que les gens emmènent pour lire aux cabinets, ce sont les digests, les magazines illustrés, les feuilletons, les romans policiers ou les romans d'aventure, tout le rebut de la littérature. Il paraît qu'il y a des gens qui ont une étagère avec des livres dans leurs cabinets. Leur lecture les y attend, pour ainsi dire, comme dans l'antichambre du dentiste. C'est étonnant de voir avec quelle avidité les gens passent en revue la « lecture », comme on dit, empilée dans l'antichambre des médecins et des dentistes. Est-ce pour s'empêcher de penser à l'épreuve qui les attend ? Ou est-ce pour rattraper le temps perdu, pour « se mettre au courant », comme ils disent, de l'actualité ? Mes quelques observations personnelles me disent que ces gens-là ont déjà absorbé plus que leur part d'« actualité », c'est-à-dire de guerre, d'accidents, de guerre encore, de désastres, d'autre guerre, de meurtres, de guerre encore, de suicides, d'autre guerre, de vols de banques, de guerre, et encore de guerre chaude et froide. Ce sont sans aucun doute ces mêmes gens qui font marcher la radio la plus grande partie du jour et de la nuit, qui vont au cinéma aussi souvent que possible — et y ingurgitent encore des nouvelles, encore de l'« actualité » — et qui achètent des postes de télévision à leurs enfants. Tout cela pour être informés ! Mais que savent-ils en fait qui vaille la peine d'être su de ces événements si importants qui bouleversent le monde ?

Les gens affirmeront qu'ils dévorent les journaux et collent leur oreille à la radio (parfois les deux en même temps !) afin de se tenir au courant de ce qui se passe dans le monde, mais c'est là une pure illusion. La vérité c'est que dès l'instant où ces pauvres gens ne sont pas actifs, occupés, ils prennent conscience du vide terrifiant, affreux qu'il y a en eux. Peu importe, à dire vrai, à quelle mamelle ils tètent, l'essentiel pour eux est d'éviter de se retrouver face à face avec eux-mêmes. *Méditer* sur le problème du jour, ou même sur ses problèmes personnels, est la dernière chose que désire faire l'individu normal.

Même aux cabinets, où l'on pourrait croire qu'il n'est pas nécessaire de *faire* quoi que ce soit, ou de *penser* à quoi que ce soit, où une fois par jour au moins on est seul avec soi-même et où tout ce qui se passe est machinal, même ce moment de béatitude, car c'est bien une sorte de petite béatitude, il faut le rompre en se concentrant sur la matière imprimée. Chacun a, je suppose, son genre de lecture favori pour l'intimité des cabinets. Certains absorbent de longs romans, d'autres ne lisent que bagatelles sans consistance. Et d'autres, sûrement, se contentent de tourner les pages et de rêver. Quel genre de rêves font-ils ?... on se le demande. De quoi leurs rêves sont-ils teintés ?

Il y a des mères de famille qui vous diront que les cabinets sont le seul endroit où elles aient la possibilité de lire. Pauvres mères ! La vie est vraiment dure pour vous à notre époque. Pourtant, quand on vous compare aux mères d'il y a cinquante ans, vous avez mille fois plus d'occasions de développer votre personnalité. Avec votre arsenal complet d'économiseurs de travail, vous avez ce qui manquait même aux impératrices de l'ancien temps. Si c'était vraiment du « temps » que vous étiez désireuses de gagner, en acquérant toutes ces machines, alors vous avez été cruellement déçues.

Il y a les enfants, bien sûr ! Quand toutes les autres excuses font défaut, il y a toujours... « les enfants » ! Vous avez des jardins d'enfants, des squares, des *baby-sitters* et Dieu sait quoi encore. Vous faites faire la sieste aux gosses après le déjeuner et vous les mettez au lit aussi tôt que possible, suivant en tout cela des méthodes « modernes » universellement approuvées. *Bref**[1], vous vous occupez aussi peu de votre progéniture que possible. On les élimine, tout comme les odieuses corvées du ménage. Le tout au nom de la science et du rendement.

(*Français, encore un tout petit effort**... !)

Oui, chères mères, nous savons que, quoi que vous fassiez, il en reste toujours à faire. C'est vrai que votre travail n'est jamais fini. Et pour qui en est-il autrement, je me le demande ? Qui se repose le septième jour, excepté Dieu ? Qui considère son travail, *enfin* terminé, et s'en trouve satisfait ? Nul autre, apparemment, que le Créateur.

Je me demande toujours si ces mères consciencieuses qui se plaignent toujours de ce que leur

1. Les mots ou expressions en italiques suivis d'un astérisque sont en français dans le texte.

travail n'est jamais fini (ce qui est une manière détournée de se louer soi-même), je me demande, dis-je, si elles pensent parfois à emmener aux cabinets, non pas de la lecture, mais de petites tâches qu'elles n'ont pas accomplies ? Ou alors, en d'autres termes, leur vient-il parfois à l'idée, je me le demande, de profiter de ces précieux moments de totale intimité pour méditer sur leur destinée ? Leur arrive-t-il, à de tels moments, de demander au Seigneur de leur donner la force et le courage nécessaires pour continuer à subir leur martyre ?

Comment nos pauvres ancêtres si démunis et si tristement handicapés ont-il réussi à accomplir tout ce qu'ils ont fait, je me le demande souvent. Certaines mères de l'ancien temps sont parvenues, ainsi que nous l'apprennent les vies des grands hommes, à lire énormément en dépit de ces graves « handicaps ». Certaines d'entre elles semblaient même avoir du temps pour tout. Non seulement elles s'occupaient de leurs propres enfants, leur enseignaient tout ce qu'elles savaient, les soignaient, les nourrissaient, les lavaient, jouaient avec eux, faisaient leurs vêtements (et parfois même le tissu), non seulement elles lavaient et elles repassaient les vêtements de tout le monde, mais certaines au moins arrivaient aussi à donner un coup de main à leurs maris, surtout si c'étaient de simples femmes de la campagne. Elles sont innombrables les grandes et les petites choses que nos ancêtres faisaient sans aide, avant même qu'il n'y eût des économiseurs de travail, des économiseurs de temps, avant qu'il n'y eût des raccourcis pour parvenir à la connaissance, avant qu'il n'y eût des jardins d'enfants, des crèches, des parcs d'attraction, des assistantes sociales, des films et des caisses de secours de tous ordres.

Peut-être les mères de nos grands hommes pratiquaient-elles aussi la lecture aux cabinets ? S'il en est ainsi, c'est un fait généralement peu connu. Je n'ai lu nulle part non plus que des lecteurs omnivores — comme Macaulay, Saintsbury et Remy de Gourmont par exemple — avaient cette habitude. Je soupçonne plutôt ces lecteurs gargantuesques d'avoir été trop actifs, trop passionnés par le but à atteindre, pour perdre leur temps de cette façon. Le fait même qu'ils aient été des lecteurs aussi prodigieux tend à indiquer qu'ils accordaient toujours une attention totale à ce qu'ils lisaient. On nous parle, il est vrai, de bibliomanes qui lisent en mangeant ou en marchant ;

peut-être certains ont-ils même été capables de lire et de parler en même temps. Il y a une race d'hommes qui ne peuvent s'empêcher de lire tout ce qui leur tombe sous les yeux ; ils lisent à la lettre tout, même les annonces d'objets perdus dans les journaux. Ce sont des obsédés, et nous ne pouvons que les plaindre.

Je crois que c'est le moment de placer un conseil sûr. Si vos intestins refusent de fonctionner, allez consulter un médecin herboriste chinois ! Ne lisez pas pour distraire votre esprit de l'opération en cours. Ce qu'aime le système autonome, ce à quoi il répond, c'est à une concentration profonde, que ce soit sur le fait de manger, de dormir, d'évacuer, ou de ce que l'on voudra. Si vous ne pouvez pas manger, ou si vous ne pouvez pas dormir, c'est parce que quelque chose vous préoccupe. Vous avez quelque chose « dans la tête », autrement dit, là où il ne faudrait pas. La même chose vaut pour la selle. Débarrassez votre esprit de tout ce qui n'est pas l'affaire en cours. Quoi que vous fassiez, abordez-le avec un esprit libre et une conscience nette. C'est un conseil vieux comme le monde, mais sûr. La méthode moderne c'est d'essayer plusieurs choses à la fois, afin « d'utiliser son temps au maximum », comme on dit. C'est une méthode profondément malsaine, contraire à l'hygiène et inefficace. *Il faut se laisser aller !* « Occupez-vous des petites choses et les grandes se feront d'elles-mêmes. » Tout le monde entend dire cela quand il est enfant. Peu de gens mettent cet adage en pratique.

S'il est d'une importance vitale de nourrir son corps et son esprit, il est tout aussi important d'éliminer de son corps et de son esprit ce qui a rempli cette fonction. Ce qui ne sert pas, ce qui est « accumulé », finit par empoisonner. Cela va de soi. Il s'ensuit donc, comme la nuit suit le jour, que si l'on va aux cabinets pour éliminer les déchets qui se sont amassés dans l'organisme, on se rend un mauvais service à soi-même en utilisant ces précieux moments pour se remplir l'esprit de « camelote ». Est-ce que l'idée vous viendrait, pour gagner du temps, de manger et de boire pendant que vous êtes sur le siège ?

Si chaque instant de la vie est tellement précieux à vos yeux, si vous tenez absolument à vous persuader que la portion de sa vie que l'on passe chaque jour aux cabinets n'est pas négligeable — certaines personnes préfèrent « W.-C. » ou « Petit Coin » à cabinets — alors demandez-vous au moment où vous vous saisirez de votre lecture fa-

vorite : *Est-ce que j'ai besoin de ça ? Pourquoi ?*
(C'est ce que font souvent les fumeurs quand ils
essayent de se débarrasser de leur vice, et les al-
cooliques aussi. C'est un stratagème à ne pas mépriser.) Supposons — et c'est aller très loin dans
le domaine des suppositions ! — que vous êtes de
ceux qui ne lisent sur le siège que « les plus
grands chefs-d'œuvre de la littérature mondiale ».
Même en ce cas, je prétends que vous gagnerez à
vous demander : *Est-ce que j'ai besoin de ça ?* Ima-
ginons que ce soit *la Divine Comédie* que vous
allez ainsi vous refuser de lire. Supposons qu'au
lieu de lire ce grand classique vous méditiez sur le
peu que vous en avez déjà effectivement lu, ou
sur ce que vous en avez entendu dire. Cela mar-
querait un léger progrès. Il vaudrait encore
mieux, toutefois, ne pas méditer du tout sur de la
littérature mais simplement garder votre esprit,
aussi bien que vos intestins, ouverts. S'il faut à
tout prix que vous fassiez quelque chose, pourquoi n'offririez-vous pas une prière muette au
Créateur, pour le remercier de ce que vos intestins fonctionnent toujours ? Pensez au désastre
que ce serait s'ils étaient paralysés ! Il faut peu de
temps pour faire une prière de cet ordre, et cela
aurait pour vous cet avantage que vous pourriez

sortir Dante au grand jour et par conséquent vous entretenir avec lui sur un plus grand pied d'égalité. Je suis sûr qu'aucun auteur, fût-il mort, n'est flatté de voir son œuvre associée au système d'évacuation. Les œuvres scatologiques elles-mêmes ne peuvent être pleinement appréciées au water-closet. Il faut être un ardent coprophile pour tirer le meilleur parti d'une telle situation.

Ayant énoncé quelques jugements sévères sur le compte de la mère moderne, que dirais-je du père d'aujourd'hui ? Je m'en tiendrai au père américain, car c'est celui que je connais le mieux. Cette espèce de *pater familias*, nous ne le savons que trop bien, se considère comme un pauvre hère réduit en esclavage, et que l'on n'apprécie pas à sa juste valeur. Outre que c'est lui qui fournit le superflu, aussi bien que le nécessaire, il fait de son mieux pour rester autant que possible à l'arrière-plan. Quand il a par hasard une minute ou deux de liberté, il estime qu'il a le devoir de laver la vaisselle ou de chanter pour endormir le petit. Quelquefois, il se sent tellement malmené, harassé, tellement exploité, que lorsque sa pauvre épouse surmenée, sous-alimentée, et terne s'enferme aux cabinets — ou « Petit Coin » — pendant une heure entière il est à deux doigts d'aller fracturer la porte et d'assassiner sa femme sur place.

Voici le procédé que je recommanderai, lorsque pareille crise se produit, à ces pauvres diables qui n'arrivent pas à savoir quel est leur véritable rôle. Disons qu'elle « y » est depuis une bonne demi-heure. Elle n'est pas constipée, elle ne se masturbe pas et elle ne se fait pas une beauté. « Mais alors qu'est-ce qu'elle fait là-dedans, bon Dieu ? » Allons, doucement ! Je sais ce que c'est quand on se met à se parler à soi-même. Ne vous laissez pas emporter par la colère. Essayez seulement de vous imaginer qu'assise là-dedans sur le siège il y a la femme que jadis vous aimiez si follement que vous n'envisagiez pas d'autre solution que de vous unir à elle pour la vie. Ne soyez pas jaloux de Dante, Balzac, Dostoïevski, si ce sont là les ombres avec lesquelles elle est en train de communiquer. « *Peut-être est-elle en train de lire la Bible* ! Elle y est depuis assez longtemps pour avoir lu tout le *Deutéronome*. » Je sais. Je sais ce que vous ressentez. Mais ce n'est pas la Bible qu'elle lit, et vous le savez bien. Ce n'est probablement pas *les Possédés* non plus, ni *Séraphita*, ni *la Vie sainte* de Jeremy Taylor. C'est peut-être *Autant en emporte le vent*. Mais qu'importe ? Ce qu'il faut — croyez-moi, mon vieux, c'est toujours ce qu'il faut — c'est essayer une autre tactique. Essayez les questions et les réponses. Comme ceci, par exemple :

« Qu'est-ce que tu fais là-dedans, *chérie* ?

— Je lis.

— *Quoi*, si je ne suis pas indiscret ?

— Quelque chose sur la bataille de la Marne.

(Faites comme si cela ne vous surprenait pas. Continuez !)

— Je me disais que tu étais peut-être en train de potasser ton espagnol ?

— Qu'est-ce que tu dis, chéri ?

— Je disais… est-ce que c'est bien raconté ?

— Non, c'est assommant.

— Je vais te chercher autre chose.

— Qu'est-ce que tu dis, chéri ?

— Je disais… est-ce que tu veux quelque chose de frais à boire pendant que tu es plongée dans ton machin ?

— Quel machin ?

— La bataille de la Marne.

— Oh, je l'ai fini, ça. Je suis sur autre chose maintenant.

— *Chérie*, est-ce que tu as besoin d'ouvrages de référence ?

— Je pense bien. Je voudrais un dictionnaire abrégé… le *Webster* si cela ne t'ennuie pas.

— *M'ennuyer ?* Au contraire. Je vais aller te chercher le non abrégé.

— Non, chéri, l'abrégé suffira. Il est plus facile à tenir.

(Là, courez dans tous les sens, comme si vous cherchiez le dictionnaire.)

— Chérie, je ne trouve ni l'abrégé, ni le non abrégé. Est-ce que *l'Encyclopédie* pourra aller ? Qu'est-ce que tu cherches exactement : un mot, une date, ou… ?

— Mon *amour*, ce que je cherche surtout c'est la paix et la tranquillité.

— Oui, *chérie*, bien sûr. Je vais tout simplement débarrasser la table, laver la vaisselle et mettre les enfants au lit. Après, si tu veux, je te ferai la lecture. Je viens de découvrir un livre merveilleux sur Nostradamus.

— C'est *si* gentil à toi, chéri. Mais je préfère simplement continuer à lire.

— À lire *quoi* ?

— Cela s'appelle *les Mémoires du maréchal Joffre*, il y a une préface de Napoléon et une étude détaillée des principales campagnes par un professeur de stratégie militaire — ils ne donnent pas son nom — de West Point. Est-ce que cela répond à ta question, mon amour ?

— Parfaitement. »

(À ce moment-là, vous allez chercher la hache au bûcher. S'il n'y a pas de bûcher, inventez-en un. Faites du bruit avec vos dents, comme si vous étiez en train d'aiguiser la hache... comme Minutten dans *Mystères*.)

Voici une autre solution que je vous propose. Pendant qu'elle ne regarde pas, placez au water-closet un exemplaire de la *Catherine de Médicis* de Balzac. Mettez une marque à la page 160 (Édition de la Pléiade, t. IX) et soulignez le passage suivant :

Le cardinal venait d'avoir la certitude d'être trompé par Catherine. Cette habile Italienne avait vu dans la maison cadette un obstacle à opposer aux prétentions des Guise ; et, malgré l'avis des deux Gondi, qui lui conseillaient de laisser les Guise se porter à des violences contre les Bourbons, elle avait fait manquer, en avertissant la reine de Navarre, le projet concerté par les Guise avec l'Espagne de s'emparer du Béarn. Comme ce secret d'État n'était connu que d'eux et de la reine-mère, les deux princes lorrains, certains de

> *la duplicité de leur alliée, voulurent la renvoyer*
> *à Florence ; et pour s'assurer de la trahison de*
> *Catherine envers l'État (la maison de Lorraine*
> *était l'État), le duc et le cardinal venaient de lui*
> *confier leur dessein de se défaire du roi de Na-*
> *varre.*

L'avantage qu'il y a à la mettre en face d'un tel texte est qu'il détournera totalement son esprit des soucis ménagers et qu'il la rendra apte à discuter histoire, prophétie ou symbolisme avec vous pendant le restant de la soirée. Il se peut même qu'elle soit tentée de lire l'introduction écrite par George Saintsbury, l'un des plus grands lecteurs du monde, vertu ou vice qui ne l'a pas empêché d'écrire des préfaces ou des introductions fastidieuses et inutiles aux ouvrages d'autrui.

Je pourrais vous suggérer, bien sûr, d'autres livres absorbants, notamment un certain *la Nature et l'homme,* dont l'auteur est Paul Weiss, un professeur de philosophie et un logicien, pas seulement de première bourre, mais un coupeur de cheveux en quatre, un ventriloque capable d'entortiller en nœud gordien la cervelle d'un pontife rabbinique. C'est un livre dont on peut lire des passages au hasard sans perdre une parcelle de la logique qu'il distille. Tout a été prédigéré par l'auteur. Le texte ne comporte rien d'autre que de la pensée à l'état pur. En voici un exemple, tiré de la partie consacrée à la « Déduction » :

Une déduction nécessaire diffère d'une déduction contingente en cela que les prémisses seules suffisent à garantir la conclusion. Dans une déduction nécessaire il n'existe qu'une relation logique entre les prémisses et la conclusion ; il n'y a pas de principe qui préfigure la conclusion. On peut obtenir ce genre de déduction à partir d'une déduction contingente en considérant le principe contingent comme prémisse. C.S. Pierce semble avoir été le premier à découvrir cette vérité. « Appelons, dit-il, P les prémisses d'un raisonnement, C la conclusion et L le principe. Si maintenant on prend pour prémisses le principe, le raisonnement devient L et P : C. Mais ce nouveau raisonnement doit avoir aussi son principe qui peut être désigné par L'. Comme L et P (à supposer qu'ils soient exacts) contiennent tout ce qu'il faut pour déterminer la vérité probable ou nécessaire de C, ils contiennent L'. Ainsi L' doit être contenu dans le principe, qu'il soit ou non exprimé dans les prémisses. Donc tout argument a comme élément de son principe un certain principe qui ne saurait en être distingué. On peut qualifier de "principe logique" ce genre de principe. » Cette observation de Pierce souligne clairement que tout principe déductif contient un principe logique permettant de passer avec rigueur d'une prémisse et du principe original à la conclusion. Tout résultat, dans le domaine de la nature ou dans celui de l'esprit, est donc une conséquence nécessaire d'un antécédent et d'un processus qui a pour point de départ cet antécédent et comme terme ce résultat même[1].

Le lecteur se demandera peut-être pourquoi je n'ai pas suggéré la *Phénoménologie de l'esprit* de Hegel, qui est la pierre angulaire reconnue de tout l'édifice grinçant de la fumisterie intellectuelle, ou encore Wittgenstein, Korzybski, Gurjieff & Co. Pourquoi pas, en effet ? Pourquoi pas la *Philosophie du comme si* de Vaihinger ? Ou *l'Alphabet* de David Diringer ? Pourquoi pas les *Quatre-vingt-quinze Thèses* de Luther ou la *Pré-*

1. *La Nature et l'homme*, par Paul Weiss, Henry Holt & Co, New York, 1947.

face à l'Histoire du monde de Sir Walter Raleigh ?
Pourquoi pas l'*Areopagitica* de Milton ? Ce sont
tous des livres charmants. Si édifiants, si instruc-
tifs.

Pauvre de moi, si notre malheureux *pater familias* américain devait prendre à cœur ce problème de la lecture aux cabinets, s'il devait
réfléchir sérieusement aux moyens les plus effica-
ces de rompre avec cette habitude, quelle liste de
livres ne pourrait-il pas composer pour une petite
bibliothèque de W.-C. ? Avec un peu d'ingénio-
sité, il arriverait soit à guérir sa femme de cette
habitude soit à lui rompre l'esprit en essayant.

S'il était vraiment ingénieux, il pourrait trouver une façon de remplacer par autre chose cette
pernicieuse habitude. Il pourrait, par exemple,
recouvrir les murs du *waterre*, comme disent les
Français, avec des tableaux. Comme c'est agréa-
ble, reposant, calmant et *instructif*, tandis que
l'on répond à l'appel de la nature, de laisser son
œil errer sur quelques chefs-d'œuvre choisis de
l'art ! Pour commencer : Romney, Gainsbo-
rough, Watteau, Dalí, Grant Wood, Soutine,
Breughel l'Ancien et les frères Albright. (Notons,
entre parenthèses, que les œuvres d'art ne constituent pas une insulte au système autonome.) Ou

alors, si le goût de son épouse ne se portait pas
dans ces directions, il pourrait recouvrir les murs
du *waterre* de couvertures du *Saturday Evening
Post* ou de couvertures de *Time*, car il ne pourrait
rien trouver qui fût plus *franchement fondamental*
pour employer le vocabulaire de la dianétique.
Ou encore, il pourrait occuper ses moments de
loisir à broder, avec des soies de couleurs diverses, une devise surannée qu'il suspendrait au niveau des yeux de son épouse lorsque celle-ci irait
prendre sa place accoutumée au *waterre*, une devise telle que : *Tu es chez toi partout où tu sus-
pends ton chapeau.* Cette phrase, parce qu'elle
comporte une moralité, peut captiver l'épouse et
l'entraîner dans des voies qu'on n'imagine pas.
Qui sait, elle peut la libérer en un temps record
des griffes écœurantes du siège !

Et maintenant, je crois qu'il est important de
mentionner ici le fait que la SCIENCE vient de
découvrir l'efficacité, l'efficacité thérapeutique de
l'amour. Les suppléments du dimanche ne parlent que de cela. Après la dianétique, les soucou-
pes volantes et la cybernétique, c'est, semble-t-il,
la grande découverte du siècle. Le fait que les
psychiatres eux-mêmes reconnaissent aujourd'hui
la validité de l'amour donne à celui-ci l'homolo-

gation que Jésus-Christ, *la Lumière du monde*, n'a pas su (apparemment) lui donner. Les mères, qui ont pris conscience aujourd'hui de ce fait inéluctable, ne se poseront plus de questions sur la façon de traiter leurs enfants, ni, *ipso facto*, sur la façon de traiter leurs maris. Les gardiens vont vider les prisons de leurs pensionnaires ; les généraux vont ordonner à leurs hommes de jeter les armes. Le millénaire n'est pas loin.

Néanmoins, et en dépit de l'approche du millénaire, les êtres humains continueront à être obligés d'aller tous les jours au water-closet. Ils auront toujours à résoudre le problème de savoir comment profiter au mieux du temps qu'ils y passent. C'est pratiquement un problème métaphysique. Au premier abord, il semblerait que le fait de s'abandonner totalement à l'opération de vidange de ses intestins est la chose la plus facile et la plus naturelle du monde. Pour accomplir cette fonction, la nature n'exige de nous rien d'autre qu'une vacance complète. La seule collaboration qu'elle nous demande c'est que nous consentions à nous laisser aller. De toute évidence, le Créateur, en concevant l'organisme humain, a compris qu'il valait mieux pour nous que certaines fonctions pussent s'accomplir d'elles-mêmes ; il n'est que trop clair que si on nous avait laissés régenter librement nous-mêmes des fonctions telles que la respiration, le sommeil ou la défécation, certains d'entre nous cesseraient de respirer, de dormir ou d'aller aux cabinets. Il y a une foule de gens, et qui ne sont pas tous enfermés dans un asile, qui ne voient pas de raison pour que nous mangions, dormions, respirions, ou allions au water-closet. Non contents de mettre en question les lois qui gouvernent l'univers, ils mettent en question aussi l'intelligence de leur propre organisme. Ils interrogent, non pas pour savoir, mais dans le désir de rendre absurde ce que leur intelligence bornée est incapable de saisir. Ils considèrent les exigences du corps comme autant de temps perdu. Comment passent-ils donc leur temps, ces êtres supérieurs ? Sont-ils totalement au service de l'humanité ? Est-ce parce qu'il y a tant de « bon travail » à faire qu'ils ne voient pas l'utilité de passer du temps à manger, à boire, à dormir, ou à aller au water-closet ? Il serait certes intéressant de savoir ce que ces gens-là veulent dire quand ils parlent de « perdre du temps ».

Le temps, le temps... Je me suis souvent demandé ce que nous ferions vraiment de notre temps, si on nous accordait subitement à tous le privilège de fonctionner parfaitement. Car dès l'instant où nous pensons à un fonctionnement parfait nous ne pouvons plus garder l'image de la société telle qu'elle est constituée actuellement. Nous passons la plus grande partie de notre vie à lutter contre des déréglages de toute sorte ; tout est détraqué, du corps humain au corps politique. Si nous supposons que le corps humain fonctionne sans heurts, et qu'il en va de même du corps social, alors, je vous le demande : Que *ferions*-nous de notre temps ? Pour limiter momentanément le problème à un seul de ses aspects — *la lecture* — essayez, je vous en prie, d'imaginer à quels livres, à quel genre de livres, nous estimerions alors nécessaire ou utile de consacrer notre temps. Dès l'instant où l'on étudie le problème de la lecture sous cet angle-là, presque toute la littérature devient caduque. À l'heure actuelle voici, à mon sens, les raisons pour lesquelles nous lisons : un, pour nous délivrer de nous-mêmes ; deux, pour nous armer contre des dangers réels ou imaginaires ; trois, pour nous « maintenir au niveau » de nos voisins, ou pour les impressionner, ce qui revient au même ; quatre, pour savoir ce qui se passe dans le monde ;

cinq, pour notre plaisir, ce qui veut dire pour stimuler et élever nos activités et pour enrichir notre être. On peut ajouter d'autres raisons à ces cinq-là, mais elles me paraissent être les principales... et je les ai données dans leur ordre d'importance *actuelle*, si je ne me trompe pas sur mes contemporains. Il ne faut pas réfléchir longtemps pour se rendre compte que, si tout marchait bien pour chacun, et si tout allait bien dans le monde, seule la dernière raison, celle qui pour le moment joue le moins grand rôle, demeurerait valable. Les autres disparaîtraient peu à peu car rien ne justifierait plus leur existence. Et d'ailleurs, dans le cas d'une situation idéale comme celle-là, même la dernière des raisons n'aurait plus guère d'emprise ou même pas d'emprise du tout sur nous. Il y a, et il y a toujours eu, quelques rares individus qui n'ont plus besoin de livres, fût-ce de livres « sacrés ». Et ce sont précisément les gens éclairés, éveillés. Ils savent parfaitement ce qui se passe dans le monde. Ils ne considèrent pas la vie comme un problème ou une épreuve, mais comme un privilège et une bénédiction. Ils ne cherchent pas à remplir leur esprit de connaissance, mais de sagesse. Ils ne sont pas tenaillés par la peur, l'angoisse, l'ambition, l'envie, la cu-

pidité, la haine ou le sentiment de rivalité. Ils
sont profondément mêlés à tout, mais en même
temps détachés. Ils tirent du plaisir de tout ce
qu'ils font parce qu'ils participent directement
aux choses. Ils n'ont pas besoin de lire des livres
sacrés ou d'agir comme des saints, parce qu'ils
considèrent la vie comme saine et qu'ils sont eux-
mêmes profondément sains... et que par conséquent tout pour eux est sain et sacré.

*À quoi ces individus exceptionnels passent-ils leur
temps ?*

Ah, on a donné beaucoup de réponses à cette
question, beaucoup. Et si les réponses données
ont été si nombreuses, c'est que chacun de ceux
qui sont en mesure de se poser une telle question
a dans l'esprit un type différent d'individu « ex-
ceptionnel ». Certains voient ces individus rares
passer leur vie dans la prière et la méditation ;
certains les voient évoluant au centre même de la
vie, accomplissant les tâches les plus diverses,
mais sans jamais se faire remarquer. Mais quelle
que soit la façon dont on considère ces êtres d'exception, que l'on s'accorde ou non sur la validité
ou l'intérêt de leur mode de vie, ces hommes ont
un trait commun, un trait qui les distingue fon-
cièrement du reste de l'humanité et qui fournit la

clef de leur personnalité, leur *raison d'être* : ils ont tout le temps du monde !* Ces hommes-là ne sont jamais pressés, ils ne sont jamais trop occupés pour répondre à un appel. Le problème du temps n'existe pas pour eux, tout simplement. Ils vivent dans l'instant et ils se rendent compte que chaque instant est une éternité. Tout autre type d'individu que nous connaissons fixe des limites à son temps « libre ». Ces hommes exceptionnels n'ont rien d'autre que du temps libre.

Si je pouvais vous donner une pensée à emporter chaque jour avec vous au water-closet, ce serait : « Méditez sur le temps libre ! » Si cette pensée ne portait pas ses fruits, alors retournez à vos livres, à vos magazines, à vos journaux, à vos digests, à vos bandes dessinées, à vos romans policiers. Armez-vous, informez-vous, préparez-vous, amusez-vous, oubliez-vous, divisez-vous. Et quand vous aurez fait toutes ces choses (y compris polir de l'or, comme le recommande Cennini) demandez-vous si vous êtes des gens plus forts, plus sages, plus heureux, plus nobles, plus satisfaits. Je sais que vous ne le serez *pas*, mais c'est à *vous* de le découvrir...

C'est curieux, mais le meilleur type de water-closet — si l'on en croit les médecins — c'est celui où il faudrait être équilibriste pour arriver à lire. Je veux parler de cette variété que l'on trouve en Europe, particulièrement en France, et qui fait défaillir le touriste américain moyen. Il ne comporte pas de siège, pas de cuvette, rien qu'un trou dans le plancher avec deux emplacements pour les pieds et une barre de chaque côté pour se retenir par les mains. On ne s'y assied pas, on s'y accroupit. (*Les vraies chiottes, quoi** *!*) Dans ces retraites bizarres, l'idée de lire ne vous vient jamais à l'esprit. On a envie d'en finir aussi vite que possible… et de ne pas se faire mouiller les pieds ! Nous autres Américains, en camouflant tout ce qui touche aux fonctions vitales, nous finissons par rendre le « Petit Coin » tellement attirant que nous y traînons longtemps après avoir fait ce que nous étions venus y faire. Pour nous, la combinaison cabinets-salle de bains est ce qu'il y a de mieux. Il nous paraîtrait absurde de prendre un bain dans une autre partie de la maison. Des gens dont la susceptibilité serait vraiment délicate verraient peut-être les choses autrement.

Rupture… Il y a quelques instants je faisais un somme dehors dans une brume épaisse. Mon sommeil était léger et il était interrompu par le bourdonnement d'une mouche léthargique. Dans un de mes sursauts, alors que j'étais entre le sommeil et le réveil, le souvenir m'est venu d'un rêve, ou pour être exact d'un fragment de rêve. C'était un vieux, vieux rêve, très merveilleux, qui me revient — par morceaux — à de multiples occasions. Parfois, il me revient si vivace, bien que ce ne soit que par un entrebâillement de ma mémoire, que je me demande s'il s'est jamais vraiment agi d'un rêve. Et je commence alors à me creuser la cervelle pour me souvenir du titre d'une série de livres que je tenais jadis cachés bien à l'abri dans un petit coffre. En cet instant, la nature et le contenu de ce rêve qui me revient périodiquement ne sont pas aussi clairs qu'ils l'ont été certaines fois précédentes. Néanmoins, l'atmosphère en est toujours bien nette ainsi que les associations d'idées que son souvenir éveille généralement en moi.

Il y a un instant, je me demandais pourquoi l'idée de cabinets me faisait penser à ce rêve, mais je me souvins alors tout à coup qu'en émergeant de mon sommeil agité, ou en émergeant à demi de ce sommeil, j'avais rapporté avec moi, si je puis dire, l'affreuse odeur de cabinets que sécrétait chez moi la « baraque aux tempêtes » quand nous habitions ce quartier que j'évoque toujours comme « la rue des premières douleurs ». En hiver, c'était une véritable épreuve que d'aller se réfugier dans cette cabine étanche à l'air, où il faisait au-dessous de zéro et où il n'y avait jamais de lumière, pas même une bougie de cire vacillant dans de l'huile lampante.

Mais il y avait autre chose qui avait précipité le réveil de ces souvenirs depuis longtemps oubliés. Ce matin même j'avais parcouru, pour me rafraîchir la mémoire, l'index qui figure dans le dernier volume des Classiques Harvard. Comme toujours, la simple pensée de cette collection éveille en moi le souvenir des jours sinistres passés dans le salon du haut avec ces sacrés volumes. Étant donné l'état d'esprit morose où je me trouvais généralement lorsque je me retirais dans cette partie funèbre de la maison, je m'étonne toujours d'être allé jusqu'au bout d'ouvrages tels que *Rabbi Ben Ezra, The Chambered Nautilus, Ode to a Waterfowl, I Promessi Sposi, Samson Agonistes, Guillaume Tell, The Wealth of Nations, les Chroniques* de Froissart, l'*Autobiography* de Stuart Mill et autres ouvrages du même genre. Je crois maintenant que ce n'est pas la brume froide mais le poids de ces journées passées dans le salon du haut à me battre avec ces auteurs pour lesquels je n'avais pas de goût qui a rendu mon sommeil tellement irrégulier il y a juste un instant. S'il en est ainsi, il me faut remercier leurs esprits disparus de m'avoir fait me souvenir de ce rêve qui a trait à un ensemble de livres magiques auxquels je tenais tellement que je les avais cachés — dans un petit coffre — et que je n'ai jamais pu les retrouver. N'est-il pas étrange que ces livres, ces livres qui appartiennent à ma jeunesse, soient pour moi plus importants que tout ce que j'ai lu par la suite ? Je dois de toute évidence les avoir lus dans mon sommeil, en inventant les titres, le contenu, l'auteur, tout. Par-ci par-là, comme je l'ai déjà dit plus haut, me reviennent en même temps que des parcelles du rêve des souvenirs très vifs de la contexture même du récit. Dans ces moments-là, je suis presque hors de moi, car il y a un livre dans la série qui renferme la clef de l'œuvre tout entière, et ce livre-là, avec son titre, son contenu, sa signification, arrive parfois jusqu'au seuil même de ma conscience.

Parmi les aspects plus estompés, plus flous, plus angoissants de mon souvenir, il y a le fait que je suis toujours amené à me rappeler — par qui ? par quoi ? — que c'est dans le quartier de

Fort Hamilton (Brooklyn) que j'ai lu ces livres magiques. J'en arrive bon gré mal gré à être convaincu que ces livres sont toujours enfermés dans la maison où je les ai lus, mais où se trouve exactement cette maison, à qui elle appartenait, ce qui m'y amenait, je n'en ai pas la plus vague idée. Tout ce que je peux me rappeler aujourd'hui à propos de Fort Hamilton ce sont les promenades à vélo que je faisais aller et retour dans le voisinage les samedis après-midi où j'étais seul et où je brûlais d'un amour non partagé pour la première femme de mes rêves. Comme un fantôme sur roues, je faisais toujours le même trajet — Dyker Heights, Bensonhurst, Fort Hamilton — chaque fois que je quittais la maison en pensant à elle. J'étais tellement absorbé par ces pensées que j'étais absolument inconscient de mon corps : je pouvais aussi bien m'accrocher au pare-chocs d'une auto roulant à soixante à l'heure que traîner comme un somnambule. Je ne peux pas dire que le temps me pesait. Tout le poids était dans mon cœur. De temps en temps j'étais tiré de ma rêverie par une balle de golf qui sifflait au-dessus de ma tête. De temps en temps, j'étais ramené sur terre par la vue des baraquements, car chaque fois que j'aperçois des cantonnements militaires, des casernes où des hommes sont enfermés comme du bétail, j'éprouve une sensation qui approche de la nausée. Mais il y avait aussi des entractes — ou des « rémissions » — agréables. Il s'en produisait toujours, par exemple, quand j'arrivais à Bensonhurst où, enfant, j'avais passé de si merveilleuses journées avec Joey et Tony. Comme le temps avait tout changé ! J'étais maintenant, en ces après-midi du samedi, un jeune homme désespérément amoureux, un crétin absolu totalement indifférent à quoi que ce soit d'autre dans le monde. Si je me plongeais dans un livre c'était uniquement pour oublier la douleur d'un amour trop grand pour que je pusse le supporter. Le vélo était mon refuge. À vélo, j'avais la sensation de faire prendre l'air à mon amour douloureux. Le panorama qui se déroulait devant moi, ou reculait derrière moi, restait entièrement dans le domaine du rêve : j'aurais pu tout aussi bien faire semblant de pédaler sur une machine immobile devant un décor de théâtre. Ce que je regardais ne servait qu'à me faire penser à *elle*. Parfois, sans doute pour ne pas dégringoler par pur désespoir, je me laissais aller à concevoir ces sottes chimères qui assaillent les amoureux transis, j'avais des bouffées d'espoir, je

me disais, par exemple, qu'au prochain virage je
trouverais m'attendant pour m'accueillir — et
avec un si chaud, si gracieux et charmant sou-
rire ! — qui cela ? Mais *elle*. Si elle ne se « maté-
rialisait » pas à cet endroit-là, je me poussais à
croire qu'elle le ferait à un autre endroit vers lequel je me précipitais à toute allure, avec des
prières et des gestes propitiatoires, pour y arriver
hors d'haleine et être encore déçu.

Sans aucun doute, la mystérieuse magie de ces
livres de rêve était inspirée par mon désir refoulé
pour cette jeune fille que je ne parvenais pas à atteindre. Sans aucun doute, mon cœur avait dû,
quelque part du côté de Fort Hamilton, au cours
de brefs instants si noirs, si douloureux, si solitai-
res, si entièrement miens, s'être brisé en mille et
mille éclats. Et pourtant — et cela j'en suis certain — *ces livres n'avaient rien à voir avec
l'amour*. Ils étaient au-dessus d'un tel... d'un tel
quoi ? Ils traitaient de choses indicibles. Même
aujourd'hui, alors que ce rêve est dans mon souvenir enveloppé de brume et déchiqueté par le
temps, je me rappelle encore des éléments va-
gues, obscurs et pourtant révélateurs comme :
une sorte de magicien à barbe blanche, assis sur
un trône (comme dans les pièces d'échecs ancien-

nes), tenant dans ses mains un trousseau de grandes et lourdes clefs (comme l'ancienne monnaie suédoise), qui ne ressemble ni à Hermès Trismégiste ni à Apollon de Tyane, ni même au terrible Merlin, mais plutôt à Noé ou à Mathusalem. Il essaie, c'est évident, quelque chose que je suis incapable de comprendre, quelque chose que j'ai aspiré de toutes mes forces à connaître. (Un secret cosmique, sans aucun doute.) Ce personnage sort du livre clef qui, comme je l'ai dit, est le chaînon manquant de toute la série. Jusqu'à ce moment du récit, si on peut l'appeler ainsi, — c'est-à-dire dans les volumes précédents de cette collection de rêve — cela a été une série d'aventures surnaturelles, interplanétaires et, à défaut d'un meilleur mot, « interdites », d'une stupéfiante diversité. Comme si la légende, l'histoire et le mythe, combinés à des envols suprasensuels indescriptibles, avaient été projetés et comprimés en un long moment ininterrompu d'imagination divine. Et bien entendu... spécialement pour moi ! *Mais...* ce qui aggrave la situation, dans le rêve, c'est que je me souviens toujours avoir *bien* commencé à lire le volume manquant mais — vous vous rendez compte ! — sans aucune raison claire, apparente, ou même cachée, sans raison *valable* en tout cas, je l'ai abandonné. Le sentiment d'une perte irréparable fait fondre, efface littéralement en moi tout sentiment naissant de culpabilité. Pourquoi, pourquoi, me demandé-je, n'ai-je pas continué à lire ce livre ? Si je l'avais fait, le livre n'aurait jamais été perdu, et les autres non plus. Dans le rêve cette double perte — perte du contenu, perte du livre lui-même — apparaît toujours nettement comme une seule et même chose.

Il y a encore une autre particularité dans ce rêve : c'est le rôle qu'y joue ma mère. Dans *la Crucifixion en rose*, j'ai décrit ces visites que j'ai faites dans ma vieille maison, visites qui avaient pour but bien défini la récupération de mes biens de jeunesse... en particulier de certains livres qui, pour je ne sais quelle raison, devenaient subitement en ces occasions très précieux pour moi. Comme je l'ai raconté, ma mère semblait prendre un plaisir pervers à me dire qu'elle avait « depuis longtemps » donné ces livres. « *À qui ?* » demandais-je, hors de moi. Elle ne se le rappelait jamais, c'était toujours depuis si longtemps. Ou alors, si elle se le rappelait, les gosses à qui elle avait fait cadeau de ces livres avaient depuis longtemps déménagé, et ma mère ne savait plus bien

sûr où ils habitaient, et elle ne pensait pas
d'ailleurs — ce qui était une supposition absolument gratuite de sa part — que ces gosses eussent
gardé ces livres d'enfance tout ce temps. Et ainsi
de suite. Elle en avait donné certains, m'avouat-
t-elle, à l'Œuvre de Bienfaisance ou à l'Œuvre de
Saint-Vincent de Paul. Ce genre de conversation
me rendait toujours fou. Quelquefois, dans mes
moments de lucidité, j'en arrivais à me demander si
ces livres de rêve disparus dont les titres m'étaient
totalement sortis de la mémoire n'étaient pas de
vrais livres que ma mère avait distribués sans réfléchir, sans s'inquiéter de ce qu'elle faisait.

Bien sûr, pendant tout le temps que je passai en
haut dans le salon à puiser dans cette horrible bibliothèque, ma mère demeura tout aussi ahurie
par mon comportement que par tout ce qu'il me
venait à l'esprit de faire. Elle ne comprenait pas
comment je pouvais « perdre » un bel après-midi à
lire ces volumes soporifiques. Elle savait que j'étais
malheureux, mais elle n'eut jamais la moindre idée
de la raison pour laquelle j'étais malheureux. De
temps en temps, elle déclarait que c'étaient les livres qui me déprimaient. Et il est certain que les
livres contribuaient à me déprimer encore plus...
car ils n'apportaient pas de remède à mes souf-

frances. Je voulais me noyer dans ma douleur, et les livres étaient autant de grosses mouches bourdonnantes qui me tenaient éveillé, au point que mon crâne même me démangeait d'ennui.

Comme j'ai bondi l'autre jour en lisant dans l'un des livres aujourd'hui oubliés de Marie Corelli :

Donnez-nous quelque chose qui dure !

voilà le cri de l'humanité épuisée. Les choses que nous avons passent, et par leur nature éphémère même elles sont sans valeur. Donnez-nous quelque chose que nous puissions garder et appeler nôtre à jamais !

C'est pour cela que nous essayons et que nous mettons à l'épreuve tout ce qui paraît donner la preuve de l'existence d'un élément suprasensuel dans l'homme, et lorsque nous découvrons que nous avons été trompés par des imposteurs et des charlatans notre dégoût et notre déception sont trop amers pour s'exprimer même par des mots.

Il y a un autre rêve, concernant un autre livre, dont je parle dans *la Crucifixion en rose*. C'est un rêve très, très étrange, dans lequel apparaît un

grand livre que cette jeune fille que j'aimais (la
même !) et une autre personne (son amant in-
connu probablement) lisent par-dessus mon
épaule. C'est un de mes livres... je veux dire un
livre que j'ai écrit moi-même. J'en parle seulement parce que, suivant toutes les lois de la logique me semble-t-il, le livre de rêve disparu, la
clef de toute la série — *quelle série ?* — *devrait*
avoir été écrit par moi-même et par nul autre. Si
j'avais pu l'écrire pendant un rêve pourquoi ne
pouvais-je pas le récrire pendant un rêve éveillé ?
Est-ce que l'un de ces états est tellement différent
de l'autre ? Puisque je me suis aventuré jusque-là,
pourquoi ne pas compléter ma pensée et ajouter
que mon unique but en écrivant a été d'éclaircir
un mystère. (Je n'ai jamais dit ouvertement ce
qu'était ce mystère.) Oui, depuis le jour où j'ai
commencé à écrire sérieusement mon seul désir a
été de me décharger de ce livre que je portais en
moi, bien enfoui sous ma ceinture, sous toutes
les latitudes et toutes les longitudes, dans toutes
mes douleurs et toutes mes vicissitudes. Arracher
ce livre du fond de moi, le rendre chaud, vivant,
palpable... voilà quels étaient mon grand but
et ma préoccupation... Ce magicien barbu qui
apparaît au cours d'instants de la vie onirique,

caché dans un petit coffre — un rêve de coffre, pourrait-on dire —, qui est-il sinon moi-même, mon moi le plus ancien ? Il tient un trousseau de clefs dans les mains, n'est-ce pas ? Et il se trouve au centre clef de tout l'édifice mystérieux. Eh bien alors, qu'est-ce que ce livre manquant, sinon « l'histoire de mon cœur », comme le nomme si magnifiquement Jefferies. Un homme a-t-il une autre histoire à raconter que celle-là ? Et n'est-ce pas la plus difficile de toutes à raconter que celle-là ? Et n'est-ce pas la plus difficile de toutes à raconter, celle qui est la plus cachée, la plus abstruse, la plus déroutante ?

Le fait que nous lisions même dans nos rêves est remarquable. Que lisons-nous, que *pouvons-*nous lire dans les ténèbres de l'inconscient, sinon nos pensées les plus profondes ? À aucun instant, les pensées ne cessent d'agiter notre cerveau. Parfois, nous percevons une différence entre les pensées et la pensée, entre ce qui pense et l'esprit qui est toute pensée. Quelquefois nous entr'apercevons, comme par une petite fente, notre double personnalité. Le cerveau n'est pas l'esprit, nous pouvons en être sûrs. S'il était *possible* de localiser le siège de l'esprit, il serait plus juste de le situer dans le cœur. Mais le cœur est simplement un

réceptacle, ou un transformateur, par le truche-
ment duquel la pensée devient reconnaissable et
efficace. La pensée doit passer par le cœur pour
être rendue active et prendre un sens.

Il y a un livre qui fait partie de notre être, qui
est contenu dans notre être, et qui est le dossier
de notre être. Je dis notre être, et non notre devenir. Nous commençons à écrire ce livre en
naissant et nous le continuons après notre mort.
Ce n'est que lorsque nous sommes sur le point
de renaître que nous l'achevons et que nous écri-
vons le mot « Fini ». C'est ainsi qu'il y a toute
une série de livres qui, de naissance en naissance,
continuent à raconter l'histoire de l'identité.
Nous sommes tous auteurs, mais nous ne sommes pas tous hérauts et prophètes. Ce que nous
révélons au grand jour du dossier caché, nous le
signons de notre nom de baptême, qui n'est jamais le vrai nom. Mais ce n'est qu'une fraction
minime, minime, du dossier que même les
meilleurs d'entre nous, les plus forts, les plus cou-
rageux, les plus doués, révèlent jamais au grand
jour. Ce qui nous prive de nos moyens, ce qui
fausse le récit, ce sont ces parties du dossier que
nous ne pouvons plus déchiffrer. L'art d'écrire,
nous ne le perdons jamais, mais ce que nous per-

dons quelquefois, c'est l'art de lire. Quand nous rencontrons un adepte de cet art, le don de la vue nous est rendu. C'est le don de l'interprétation, naturellement, car lire c'est toujours interpréter.

L'universalité de la pensée est suprême et souveraine. Rien ne dépasse la compréhension ni l'entendement. Ce qui nous manque, c'est le désir de savoir, le désir de lire ou d'interpréter, le désir de donner un sens à toute pensée qui s'exprime. *Acedia* : le grand péché contre *le Saint-Esprit*. Engourdis par la souffrance que nous fait endurer la privation, sous quelque forme qu'elle se manifeste, et elle prend beaucoup, beaucoup de formes, nous cherchons refuge dans la mystification. L'humanité est, au sens le plus profond, une orpheline… non pas parce qu'elle a été *abandonnée*, mais parce qu'elle refuse obstinément de reconnaître la divinité de ses parents. Nous terminons le livre de la vie dans l'au-delà parce que nous refusons de comprendre ce que nous avons écrit ici et maintenant…

Mais revenons aux *cabinets**, qui est le mot français que l'on emploie, pour une raison qui m'échappe, toujours au pluriel. Certains de mes lecteurs se souviendront peut-être d'un passage dans lequel je rapporte de tendres souvenirs de France, et où je parle d'une visite rapide aux cabinets et de la vue absolument inattendue de Paris que j'ai eue de la fenêtre de cette pièce minuscule[1]. Est-ce que ce ne serait pas séduisant, pensent certaines gens, de construire sa maison de telle façon que l'on ait du siège des cabinets lui-même vue sur un fantastique panorama ? À mon avis, la vue que l'on a du siège des cabinets n'a pas la moindre importance. Si, lorsque vous allez aux cabinets, vous devez emmener avec vous autre chose que vous-mêmes, autre chose que votre besoin vital d'éliminer et de nettoyer votre organisme, alors peut-être une vue merveilleuse ou fantastique de la fenêtre des cabinets constitue-t-elle pour vous un desideratum. En ce cas, vous pouvez aussi bien installer une bibliothèque, suspendre des tableaux, et embellir de toute autre façon ce *lieu d'aisances**. Alors, au lieu d'aller dehors et de chercher un arbre on peut aussi bien s'asseoir dans « la salle de bains » et méditer. Si c'est nécessaire, édifiez tout votre monde autour

1. Voir le chapitre « Souvenir, Souvenirs » de mon livre *Souvenir, Souvenirs*, Gallimard, Paris (folio n° 1939).

du « Petit Coin ». Que le reste de la maison demeure subordonné au siège de cette importante fonction. Mettez au monde une race qui, hautement consciente de l'art de l'élimination, se fera un devoir d'éliminer tout ce qui est laid, inutile, mauvais et « nuisible » dans la vie quotidienne. Faites cela et vous élèverez les cabinets au niveau d'un paradis. Mais surtout, pendant que vous faites usage de cette retraite sacrée, ne perdez pas votre temps à lire des choses qui *concernent* l'élimination elle-même. La différence entre les gens qui s'enferment dans les cabinets, que ce soit pour lire, prier ou méditer, et ceux qui n'y vont que pour faire ce qu'ils ont à faire, c'est que les premiers se retrouvent toujours avec une besogne non terminée sur les bras, alors que les seconds sont toujours prêts pour le geste suivant, l'acte suivant.

Le vieil adage dit : « Gardez vos intestins ouverts et faites confiance au Seigneur ! » Il n'est pas sans sagesse. En gros, cela veut dire que si vous gardez votre organisme libre de tout poison vous pourrez garder l'esprit libre et clair, ouvert et prêt à tout recevoir ; vous cesserez de vous préoccuper de problèmes qui ne vous concernent pas — tels que la façon dont l'univers devrait être gouverné, par exemple — et vous ferez ce qu'il y a à faire en paix et tranquillement. Il n'y a dans ce simple conseil aucune allusion indiquant qu'en même temps que vous gardez vos intestins ouverts vous devez aussi vous efforcer de vous tenir au courant des événements mondiaux, ou de connaître les livres qu'on publie et les pièces qu'on joue, ou vous familiariser avec la dernière mode, les maquillages les plus séduisants, ou les éléments fondamentaux du vocabulaire anglais. En fait, ce que cette courte maxime veut dire c'est... Moins on en fait à ce propos mieux cela vaut. Par « ce propos », je veux dire l'opération très sérieuse — et ni absurde ni dégoûtante — qui consiste à aller aux cabinets. Les mots clefs sont « ouverts » et « faites confiance ». Maintenant, si l'on me soutient que lire quand on est assis sur le siège aide à relâcher les intestins, je dirai... lisez la littérature la plus apaisante possible. Lisez les Évangiles, car les Évangiles sont du Seigneur... et que la seconde injonction de la maxime est de « faire confiance au Seigneur ». Pour ma part, je suis convaincu qu'il est possible d'avoir foi et confiance dans le Seigneur sans lire d'écrits saints aux cabinets. En fait, je suis convaincu que l'on est porté à avoir plus foi et confiance dans le Seigneur si on ne lit rien du tout aux cabinets.

Quand vous allez voir votre psychiatre, est-ce qu'il vous demande ce que vous lisez pendant que vous êtes sur le siège ? Il devrait, vous savez. Le fait que vous lisiez tel genre de littérature aux cabinets et tel autre ailleurs devrait être lourd de sens pour le psychiatre. Le fait même que vous lisiez ou que vous ne lisiez pas aux cabinets devrait être lourd de sens pour lui. On ne parle malheureusement pas assez de tels problèmes. On estime que ce que chacun fait aux cabinets ne regarde que lui. Il n'en est rien. Cela concerne l'univers tout entier. S'il est vrai, comme nous sommes de plus en plus amenés à le croire, qu'il y a sur d'autres planètes des créatures qui nous observent et qui dressent des fichiers sur nous, vous pouvez être certains qu'elles fourrent leur nez dans nos activités les plus secrètes. Si ces créatures sont capables de pénétrer à travers l'atmosphère de notre terre, qu'est-ce qui les empêche de pénétrer à travers les portes verrouillées de nos cabinets ? Pensez-y un peu quand vous n'aurez pas de meilleur sujet de méditation sur place. Je prierai ceux qui font des expériences avec des fusées et autres moyens de communication et de transport interstellaires d'imaginer, ne fût-ce que pendant un bref instant, de quoi ils peuvent avoir l'air aux yeux des habitants d'autres mondes quand ils sont en train de lire le *Time* ou le *New Yorker*, disons, au « Petit Coin ». Ce que vous lisez révèle beaucoup de choses sur votre nature profonde, mais cela ne dit pas tout. Le fait, cependant, que vous *lisiez* quand vous devriez être en train de *faire* a une certaine importance. C'est un trait qui ne peut manquer de frapper des hommes étrangers à notre planète. Et cela pourrait bien influencer le jugement qu'ils portent sur nous.

Et si, pour changer de note, nous nous limitons à l'opinion d'êtres simplement terrestres, mais d'êtres qui ont l'esprit en éveil et du jugement, cela ne modifie pas beaucoup le tableau. Il y a dans le fait de s'absorber dans la lecture d'une page imprimée pendant que l'on est assis sur le siège non seulement quelque chose de grotesque et de ridicule, il y a là quelque chose de fou. Cet élément pathologique apparaît très clairement quand le fait de lire est combiné avec celui de manger, par exemple, ou de se promener. Pourquoi ne nous frappe-t-il pas autant quand nous l'observons associé à l'acte de défécation ? Est-ce que cela a quoi que ce soit de naturel de faire les deux choses en même temps ? Supposons que, bien que vous n'ayez jamais eu l'intention de devenir chanteur d'opéra, vous vous mettiez, chaque fois que vous allez aux cabinets, à chanter des gammes. Supposons que, bien que chanter vous soit indispensable, vous prétendiez cependant ne pouvoir chanter que lorsque vous allez au « Petit Coin ». Ou encore supposons que vous disiez simplement que vous chantez aux cabinets parce que vous n'avez rien de mieux à y faire. Est-ce que cela tiendrait debout en face d'un aliéniste ? Et c'est cependant le genre l'alibi que les gens donnent quand on les presse d'expliquer pourquoi ils *doivent* absolument lire aux cabinets.

Il ne suffit donc pas de simplement ouvrir ses intestins ? Faut-il y ajouter Shakespeare, Dante, William Faulkner et toute la constellation des auteurs de *pocket-books* ? Ciel, que la vie est devenue compliquée ! Dans le temps, n'importe quel endroit faisait l'affaire. Pour compagnie on avait le soleil ou les étoiles, le chant des oiseaux ou le hululement d'une chouette. Il n'était pas question de tuer le temps, ou de faire d'une pierre deux coups. Il s'agissait simplement de laisser aller. Il n'y avait même pas l'idée de faire confiance au Seigneur. Cette confiance dans le Seigneur faisait tellement partie de la nature même de l'homme que l'associer au mouvement des intestins aurait semblé impie et absurde. Aujourd'hui, il faut un grand mathématicien, qui soit en même temps métaphysicien et astronome, pour expliquer le simple fonctionnement du système autonome. Plus rien n'est simple de nos jours. Avec l'analyse et l'expérience les plus petites choses ont pris des proportions si compliquées qu'on s'étonne qu'on puisse encore dire de quelqu'un qu'il sait quoi que ce soit sur quoi que ce soit. Même le comportement instinctif apparaît aujourd'hui comme extrêmement complexe. Toutes les émotions primitives comme la peur, la haine, l'amour, l'angoisse, s'avèrent terriblement complexes.

Et dire que c'est nous — Dieu nous protège ! — qui allons d'ici une cinquantaine d'années conquérir l'espace ! C'est nous qui, tout en dédaignant de devenir des anges, allons nous transformer en êtres interplanétaires ! En tout cas, on peut prédire une chose : c'est que même là-haut dans l'espace nous aurons nos water-closets ! Partout où nous allons, le « Petit Coin » nous accompagne, je l'ai remarqué. Dans le temps, nous demandions : « Et si les poules avaient des dents ? » Cette plaisanterie est devenue antédiluvienne. La question qui s'impose maintenant, en vue des voyages projetés au-delà de la zone d'attraction de la gravité, c'est : « Comment nos organes vont-ils fonctionner quand nous ne serons plus soumis à la pesanteur ? » Quand nous voyagerons à une vitesse plus grande que celle de la pensée — car on a laissé entendre que nous y arriverions ! — est-ce que nous serons seulement capables de lire là-haut entre les étoiles et les planètes ? Je demande cela parce que je suppose que l'astronef modèle aura des lavabos aussi impeccables que des laboratoires, et que, dans ce cas, nos nouveaux explorateurs du temps et de l'espace emporteront sans aucun doute avec eux leur littérature de cabinets.

Voilà un problème sur quoi méditer… la nature de cette littérature interspatiale ! Jadis on nous soumettait de temps en temps des questionnaires où on nous demandait ce que nous emporterions à lire si nous allions nous réfugier sur une île déserte. Personne, à ma connaissance, n'a encore composé de questionnaire pour chercher à savoir ce qu'il serait bon de lire sur le siège dans l'espace. Si, à ce questionnaire à venir, on nous redonne les mêmes vieilles réponses, à savoir Ho-

mère, Dante, Shakespeare, et Cie, je serai cruellement déçu, je vous assure.

Ce premier vaisseau qui quitterait la terre,
peut-être pour n'y jamais revenir… que ne don-
nerais-je pas pour connaître les titres des livres
qu'il contiendra ! Il me semble qu'ils n'ont pas
été écrits les livres qui apporteront un soutien
mental, moral et spirituel à ces audacieux pion-
niers. Ce qui pourrait bien se passer, à mon avis,
c'est que ces hommes n'auront peut-être pas
envie de lire du tout, pas même aux cabinets : ils
se contenteront peut-être de capter les anges,
d'écouter les voix des chers disparus, de tendre
l'oreille pour saisir l'éternel chant des sphères.

Julian BARNES — *À jamais* et autres nouvelles

Trois nouvelles savoureuses et pleines d'humour du plus francophile des écrivains britanniques.

John CHEEVER — *Une Américaine instruite* précédé de *Adieu, mon frère*

John Cheever pénètre dans les maisons de la *middle class* américaine pour y dérober les secrets inavouables et nous les dévoile pour notre plus grand bonheur de lecture.

COLLECTIF — *« Que je vous aime, que je t'aime ! »*
Les plus belles déclarations d'amour

Vous l'aimez. Elle est tout pour vous – il est le Prince charmant, mais vous ne savez pas comment le lui dire ? Ce petit livre est pour vous !

André GIDE — *Souvenirs de la cour d'assises*

Dans ce texte dense et grave, Gide s'interroge sur la justice et son fonctionnement, mais surtout insiste sur la fragile barrière qui sépare les criminels des honnêtes gens.

Jean GIONO — *Notes sur l'affaire Dominici* suivi de *Essai sur le caractère des personnages*

Dans ce témoignage pris sur le vif d'une justice qui tâtonne, Giono soulève des questions auxquelles personne, à ce jour, n'a encore répondu…

Jean de LA FONTAINE — *Comment l'esprit vient aux filles* et autres contes libertins

Hardis et savoureux, les *Contes* de La Fontaine nous offrent une subtile leçon d'érotisme où style et galanterie s'unissent pour notre plus grand plaisir…

J. M. G. LE CLÉZIO — *L'échappé* suivi de *La grande vie*

Deux magnifiques nouvelles d'une grande humanité pour découvrir l'univers de J. M. G. Le Clézio, prix Nobel de littérature 2008.

Yukio MISHIMA — *Papillon* suivi de *La lionne*

Dans ces deux nouvelles sobres et émouvantes, le grand romancier japonais explore différentes facettes de l'amour et de ses tourments.

John STEINBECK *Le meurtre* et autres nouvelles

Dans un monde d'hommes, rude et impitoyable, quatre portraits de femmes fortes par l'auteur des *Raisins de la colère*.

VOLTAIRE *L'Affaire du chevalier de La Barre*
précédé de *L'Affaire Lally*

Directement mis en cause dans l'affaire du chevalier de La Barre, Voltaire s'insurge et utilise sa meilleure arme pour dénoncer l'injustice : sa plume.

Composition Nord Compo
Impression Novoprint
à Barcelone, le 6 janvier 2009
Dépôt légal : janvier 2009
1er dépôt légal dans la collection: avril 2007

ISBN 978-2-07-034429-1./Imprimé en Espagne.

167398